またやぶけの夕焼け

高野秀行

JN177564

集英社文庫

またやぶけの夕焼け　目次

またやぶけの夕焼け

またやぶけの冒険

知る人ぞ知る変人カッチャンが軍団を結成し、あろうことか自分がその仲間入りをさせられてしまったのは僕が四年生になったばかりのことだった。

授業が終わると、僕はランドセルに教科書や筆箱をざざっと突っ込んで教室を出た。下駄箱で上履きを脱いでズック靴にはきかえて外に出ると、コンクリートの杜の陰にシゲオの姿があった。とがった肩をいからせ、キツネみたいな顔を不機嫌そうに傾けている。

「おい、何やってんだ?」僕が訊《き》くと、

「別に」シゲオは半ズボンのポケットに手を突っ込んだまま、たらたらと歩き出した。僕のことを待っていたにちがいないが、素直じゃないのでそう言わないのだ。

外に出ると周りがパッと明るくなった。咲き終わった桜の花びらが風に吹かれて、ちらほらと散っている。

「新しいクラス、どうだ？」シゲオが訊いた。

「面白くねえよ。みんな少年野球の話でさ、俺は完全に仲間はずれだよ」

シゲオにそう言うと、彼は雑草をズック靴でバシバシ蹴りながら答えた。

「しょうがねえよ。子安《こやす》の連中は又木《またき》のことなんか相手にしてねえからな」

校門を出て少し行くと、車がやっと一台通れるくらいの狭い道になった。

「おー、マタンキだ！　マタンキ・シゲオ！」五、六人のグループが走って追い越しながら叫んだ。シゲオの組の連中だ。

「うるせえ、バカ！」シゲオはわめき、連中はギャハハとバカ笑いを響かせて走り去った。

僕らが通っているのは八王子市立第六小学校、通称「六小」だ。ここに通っているのは九割以上が子安町の子で、残り一割弱が僕らのような「又木もん」だ。

子安町は国鉄（のちのJR）八王子駅前に発展した「町」で、道路は広くて車も多い。商店街か住宅街で小さな公園がちょぴちょぴっとある程度だ。それに対し、又木は駅から歩いて三十分も離れていて、野山に取り囲まれていた。はっきり言って田舎だ。

おかげで僕ら又木の子は何かとからかわれた。『週刊少年ジャンプ』の『トイレット博士』というウンコばっかり出てくるマンガがある。そのマンガの登場人物たちが「マタンキ、マタンキ」とわめくことから、僕らのことを「マタンキ」と呼ぶこともある。要はバカにされている。三年生のときはシゲオと同じクラスだったからまだマシだったが、組替えで今はバラバラ。僕もシゲオもクラスの男子では唯一の又木もんだ。

僕はクラスでは勉強も運動もいたって普通で、地味で大人しかったから、ひねくれ者のシゲオのようにあからさまにからかわれることはなかったし、それなりに友だちもいたのだけど、四年生になったら、別の問題が起きた。

子安町の町内会で「少年野球」のチームが作られることになり、クラスの男子はみんなその話題で持ちきりなのだ。チーム名はファイターズがいいとか、背番号は何番がいいかとか大はしゃぎだ。

僕らは又木の町内会に所属しているから子安のチームには入れない。又木町はちょうど六小と、隣の七小の境目にある。又木町の子の多くは七小に通っていて、野球チームも七小の子どもたちで結成されていた。

「なんでクラスの男子みんな入れて、俺はダメなんだよ。やってらんねえよ」僕がこぼすと、シゲオは小石を思い切り蹴っ飛ばした。

「俺は『入れてくれ』って頼んだんだよ。したらさ、あいつら、『おまえはマタンキなんだからマタンキのチームに入れ』とか言いやがんの」

「七小に行けっていうのか。ありえないよ」

「あいつら、そんなことも知らないんだよ」

「よっぽど鈍感かバカなんだろうな」

僕たちは「子安もん」の悪口を言いながら、ちんたら歩いた。京王線《けいおう》のガードをくぐった。ここが子安町と又木の「国境」だ。この小さなガードはなぜか又木では「こぐり」と呼ばれている。理由は誰も知らない。そして僕らが「こぐり」と言うたびに子安もんは嘲笑《あざわら》う。

こぐりをくぐり抜けると風景が一変する。それまでぎっしりと家が並んでいた住宅街が消え、急に畑が広がり、そこかしこの林がざわめいている。その中に住宅がぽつんぽつんとあるという感じ。牛糞《ぎゅうふん》の臭いが風に乗ってほんわか流れてくる。又木にはいまだに牛を飼って、牛糞を肥やしに使っている農家があり、特に春先の暖かい日にはよく臭う。又木が『トイレット博士』と結びつけられる理由の一つでもある。

「阪野《さかの》君」いきなり名前を呼ばれ、振り向いたら、道路脇の家の庭に女の子が立っていた。目がぱっちりして、長い髪が風に揺れている。こんなかわいい子、又木にいたっけ、と一瞬思ってしまったくらいだ。

「なんだ、長谷川《はせがわ》か」僕は気の抜けた声を出した。

「なんだじゃないでしょ。ここ、あたしんちだし」

「…………」

「同じクラスになったね」

「ああ……」

長谷川真理《まり》とは同じ幼稚園に行ったし、うちのお母さんと長谷川のおばさんは仲がいいから、よく知っている。でもこれまでクラスがちがったからそんなに話をしたことはない。長谷川はずっと髪を三つ編みにしていたのに、今はほどいて長く伸ばしているらしい。妙に大人っぽく見える。なんだか、恥ずかしくなった。でも長谷川は平気で話しかけてくる。

「今日も『またやぶけ』に行くわけ？」

「いいじゃないか」

「やだ。またおばさんに怒られるよ」

「うるせえんだよ」僕は顔をしかめた。

長谷川はあははと笑うと、長い髪をなびかせて家の中に入ってしまった。雰囲気は大人っぽくなったけど、中身は幼稚園のときから変わってない。バカみたいにまっすぐで、明るい。

「ヒデ、長谷川と仲よさそうじゃん」シゲオがにやにやした。

「いいわけねえだろ」僕は不機嫌に答えた。「それより昼飯食ったらさっさと来いよ」

「わかってるよ。じゃあ、あとでな」シゲオはニカッと笑い、坂を走り下りた。キュウリャカボチャが植わっている畑の横の小さな平屋がやつの家だ。

僕はさらに五分ほど歩いた。裏の矢川《やがわ》さんの大きな畑の中の細い畦道《あぜみち》を通って、野球場がわりにも使われる大きな空き地を通り抜けた。本来なら野球場のセンターの守備位置に邪魔な家が立っている。それが僕のうちだ。

裏門をギーッと開け、そのまま勝手口から家にあがった。

「ただいま」

「おかえり」とお母さんの声がするのとほぼ同時に「ちょっと遊びに行ってくる」と言った。

この呼吸が大事だ。間が空くと、何か手伝えとか宿題はどうしたとか、何を言われるかわからない。

「どこ行くの？」

「ユドノ」

「車に気をつけるんだよ」

「はーい」

「暗くなる前に帰るんだよ」

「はーい」

「ドブに入るんじゃないよ」

「……はーい」

一瞬返事が遅れたのはまさにドブに入りに行くからだけど、「いや、あれはドブじゃない。『またやぶけ』だよ」と心の中で言い訳した。僕は先生や親の言うことをよく聞くマジメな子として知られているのだ。それでもお母さんはいつも心配する。「お母さんは心配性だからな」とお父さんもよく言っている。

今日のお母さんは機嫌がわりとよさそうだったが、予想外なことに「僕も行く！」という甲高い声がした。弟のユウジだ。「ユーリン」と呼ばれるこの弟はやっと小学校にあがったばかり。遊びについてくるとめんどくさいので冷たく突き放した。

「ダメ。おまえはまだ小さいからダメ」

「ヒデユキ！」とキツい声がした。「ユウジも連れて行ってあげなさい」

はあ、とため息をついたが、「じゃあ、いいよ」と答えた。お母さんを怒らせると弟を連れて行くよりもっと面倒だ。まったく学校でも家でも、ままならないことばかりだ。

うちを出て、桑畑の横の細道を早足で歩いていった。後ろから妙にペタペタした弟の足音が追いかけてくる。本当はばっと走ってブッちぎってやりたいのだが、そんなことをすると弟が泣くだろう。ぐっと我慢した。

近所のタケちゃんちのおばさんが買い物かごをぶら下げて歩いてきたので小声で挨拶《あいさつ》

し（ユーリンは大声で「こんにちは！」と言った）、北野《きたの》街道に出た。大きなダンプが荷台に土を満載してゴウゴウ唸《うな》りながら走っている。

「土なんかどこからどこに運ぶんだろうね」とユーリンが息を切らせながら言う。「土なんてどこにでもあるのにさ」

　ほんとうだ。不思議だと思ったが、「知るか、そんなこと」と怒鳴った。

　タバコ屋脇で口を半開きにしている朱色の郵便ポストにタッチしてから、車がこないのを確認して橋を渡る。ここがユドノこと湯殿《ゆどの》川だ。この橋のたもとから下に下りると、「またやぶけ」だ。

　またやぶけは長さ十メートルくらいで、子どもが中を立って歩けるくらいの大きさの土管で、ユドノに流れ込んでいるドブの一つだ。

　発見者は僕とシゲオである。いや、土管自体はもちろんずっと前からあったのだが、それが「またやぶけ」だと見抜いたのが僕らなのだ。

　半月前、たまたまユドノで遊んでいた帰りにこの土管に寄って、中に入ってみた。今までも僕たちはときどき入っていたから、入るだけなら珍しくない。ただ、そのとき「事件」が起きた。

　土管の中は幅一メートルもないくらいにドブの水が流れている。その上をまたいで歩いていたら、シゲオがちょっと足をすべらせ、その拍子にやつの半ズボンの股の継ぎ目がビリビリっとやぶけたのだ。

「うおおお！」とシゲオは叫んだ。「股がやぶけたあああ！」土管にその声が反響し、僕はあまりのおかしさに腹がひきつるほど笑い、しまいに体を折り曲げてドブの水にべシャンと転がった。

生まれてからあんなに笑ったのは初めてだった。だって、お母さんにあれだけ「風邪をひくから水に浸かってはいけない」と言われ、ずっと言いつけを守っていたのに、あのときは自分からドブ水の中に転がっちゃったんだから。

しかも、そのあと、僕もわざと股を広げて足をすべらせ、何度も挑戦したうえで、股をやぶいた。で、「うおおお！　股がやぶけたあああ！」と叫んだ。シゲオが今度はゲラゲラ笑ってドブ水に浸かった。やぶけた股の間の白いパンツにドブの茶と緑のまじったような水がしみこんでいくのが見えて、なおさら僕は気が狂いそうになるほど笑った。

そして、笑い疲れたとき、僕らはこの土管を「またやぶけ」と名づけた。

またやぶけの話はあまりに面白いのであっという間に又木の子どもたちの間に知れ渡った。次から次へと新しい子たちがやってきて、みんなで頑張って股をやぶいては、「うおおお！　股がやぶけたあああ！」と叫んだ。それをやらねば、又木の子じゃないというほどの大人気だった。しまいには、長谷川が他の女の子たちを連れて見にきた。女子連中は股をやぶいてドブに転がる僕らを見て、「きゃー」とか「バカじゃない」と言いながらも、一緒に笑い転げた。正直な長谷川は「いいなあ。あたしも男子ならやってたなー」と言っていた。

僕らがあんまりにも騒ぐので、普段は京王線の「こぐり」からこっち、つまり又木を敬遠してやってこない子安町の連中もちらほらやってくるようになった。でも、やつらは自分では股をやぶかず、外から控えめに又木の連中の叫び声を聞いているだけだったから、特に誰も相手にしなかった。しょせん、子安の連中は町の子なのだ。

ところが、この日、僕とユーリンが下りていくと、いつもと様子がちがう。シゲオのほか、タケちゃん、ミンミンなど、よく一緒に遊ぶ又木の子たちがいるが、みんな全然楽しそうじゃない。川に石を投げたり、棒で草をぶっ叩《たた》いたりしている。

「どうしたんだよ?」

シゲオは返事のかわりに眉間《みけん》にシワを寄せて、土管のほうにあごを振った。僕は中を覗《のぞ》き込んで、ぎょっとした。

「う、子安の連中じゃんか」

子安の連中がまたやぶけを占領していた。しかもプラモデルの軍艦を浮かべるという、えらくキザなことをしてやがる。またやぶけでやることじゃない。うち二人は、僕らより上の六年生の子たちだ。「じゃあ、これから本番だぜ。競争だ!」などと騒いでいる。

「ふざけんな、てめーら! さっさと子安に帰れ!」

思わずそう怒鳴った。もちろん心の中でだ。同級生の中でもやせっぽちで気が弱い僕が、でっかい六年生たちにそんなことを言えるわけがない。

それはミンミンにしても、五年生のタケちゃんにしても同じだった。ひねくれ者のシゲオだけが変なことを始めた。

「ウオオオオン！」と吠《ほ》えたのだ。吠えながら、またやぶけの中に顔を突っ込む。子安の連中は「なんだよ？」と訝《いぶか》しげに顔をあげた。

「ウオオオオン！　負け犬の遠吠えだよ。ウオオオオン！」シゲオはよせばいいのに、また吠える。子安の連中はポカンとしている。もっとも、僕らだって、シゲオが何を言いたいのかよくわからない。

「るせーな、あっち、行ってろ！」とシゲオは簡単に追い払われた。

「くっそー」「あいつら、ぶっ殺してやる！」僕らが流れる川面にぼそぼそと呪いの言葉を投げつけていたときである。

「おい、どうしたんだ」という声がした。

びくっとして振り向くと、そこに異様なやつが立っていた。背がひょろっと高く、顔もきりっとしているが、髪の毛がボサボサに伸びていて、なんだかひまわりみたいだ。器用にも、両方の耳をアフリカゾウのようにバタバタと動かしている。

「あ、カッチャン……」

カッチャンは五年生で、又木町の子どもたちの間で「すごいやつ」とも「変なやつ」とも言われていた。運動神経は抜群で、野球もいちばんうまい。僕らが空き地で野球をするときは、カッチャンと、その次にうまいタケちゃんがキャプテンをよくやっている。

だが、カッチャンは困った人でもあった。すぐ人とちがうことをやりたがるのだ。『侍ジャイアンツ』というマンガに凝っていたときは、野球のときも、自分でピッチャーをやり、ぐるぐる回って〝大回転魔球〟を投げようとした。まあ、そこまでは普通の子でもやるけれど、だいたい一回か二回投げると目が回ってやめる。

それがカッチャンの場合、「魔球が投げられるまでやる」と言い張るのだ。もちろん、そんなものは投げられないから野球はそこでストップしてしまう。しまいには、魔球にこそならなかったが、ストライクの球を投げた。その馬鹿馬鹿しい執念にはちょっと感心したが、結局迷惑なのは変わらない。

またカッチャンは「冒険」とか「探検」が好きだった。だが、その冒険・探検も変なものだった。みんながクワガタを探しているときに、「俺は雪男を探す」と言って、誰も入らないクマザサの深いヤブの中に「おりゃ！」と飛び込んだりする。

「おい、みんなも来い！」とか叫ぶが、誰も行きたくないので、聞こえないふりをしている。すると、「ミンミン、来い！」と命令が下る。ミンミンはカッチャンの弟だから仕方ない。半べそをかきながら、クマザサの中に飛び込んでいった。それを見ながら、

「あー、カッチャンの弟でなくてほんとによかった」と僕たちはあとで言い合ったものだ。

　カッチャンは感情の起伏が激しい。またやぶけをいちばん気に入っている人でもあった。だから、もしかしたら、子安の連中とケンカになるんじゃないかと僕は心配になった。カッチャンは運動神経はいいし、力もあるし、クソ度胸がある。ただ実際にケンカをしているのを見たことはない。

　というより、カッチャンがあまりにズレているので、ケンカにならないのだ。たとえばすぐルールを決めようとする。前に一度、隣の学校の子と取っ組み合いになりそうになった。互いにカッカしているのに、カッチャンは相手に「相撲で勝負しよう」と言った。そして、ちゃんと土俵を作りはじめたのだ。「土俵には俵が必要だ」とか言い出して、草を集めたりして、そのうちに相手もあきれ果ててどこかへ行ってしまった。

　カッチャン、それじゃケンカにならないよと僕が忠告したら、「相撲は遊びじゃねえんだ」とすごい剣幕で怒られた。ケンカをしていたことを忘れて、もう頭の中に相撲しかないのだ。

　こんな変人は嫌なので、僕らは日頃なるべく避けるようにしていた。

　そのカッチャンが土管の中にずかずか入っていった。

「何だ、おめえ」子安のでかいやつが言う。

「おまえこそ、何でここにいるんだよ？」カッチャンは平気で言い返す。

「だって、俺たちのほうが先にきたんだぜ」

カッチャンはじろっと相手の目を見て言った。

「そっか。じゃあ、しょうがねえな。でも、俺たちだってここで遊びたいんだ。少しチェンジしてもいいだろ」

「うるせえんだよ、マタンキ！」でかいのが怒鳴った。「おめえらなんか、山の中で冒険ごっこしてりゃいいんだよ！」

そのとき、何か雷のようなものがカッチャンの頭に落ちたのを僕はたしかに見た。髪が逆立った。いや、カッチャンが自分でかきむしったのだ。

「うおおお！」カッチャンは叫んだ。「俺たちはマタンキだ！　マタンキ族だ！　うほほほ！」土管に奇声がこだまする。僕らは唖然《あぜん》とした。

カッチャン、いよいよ頭がおかしくなったか。

「こんなところはおめえらにくれてやる。俺たちは探検に行くぞ！」

そう叫ぶと、カッチャンは土管から飛び出した。で、今度は僕らに向かって叫んだ。

「おい、これから探検に行くぞ！」

「え、どこに？」

「またやぶけの向こうだ」

「えーっ!?」

僕たちは顔を見合わせた。ユドノに流れ込む土管の先は学区外でなんだかよくわからない由木平《ゆぎひら》町だ。子どもだけで行ったことがない。山と森ばかりで小学校もどこにあるかわからず、外国みたいなもんだ。そこを探検しようとカッチャンは言う。

時間も時間だった。西の空は赤っぽい色をしている。何時かわからないけど、夕方近い。「暗くなるまでにうちに帰る」がどこの家でも決まりだった。今から行くのは無謀すぎる。

一人、二人と「俺帰る」「俺も」と離れていった。残ったのは、カッチャンのほかは、僕とシゲオ、ミンミン、ユーリンだけだった。

普通なら僕も絶対に帰っていたはずだ。シゲオもだ。だけど、今日は話がちがった。「またやぶけ」がかかっていたからだ。あれは僕とシゲオが「発見」したすごいものなのだ。エジプトのピラミッドとか、秀吉が作った大坂城とか、そういう歴史的にすごいものと僕らの中では同じくらいすごいものなのだ。

僕もシゲオも、学校でも地元でもとにかくパッとしない。自分たちの発見がこんなに人気になったことなんか初めてだったのだ。それをむざむざ子安の連中にとられて帰るのは悔しい。たとえ、ロクなことになりそうにないカッチャンの探検だか冒険だかでも一緒に付いて行って、子安の連中を見返してやりたい。

あと二人、ミンミンとユーリンは半べそをかいていた。ミンミンにはカッチャンが、ユーリンには僕がいる。兄貴より先に帰れない。帰ったら次から一緒に遊びに連れて行ってもらえなくなる。

「よし、おまえらは根性がある。探検は遊びじゃねえからな！」カッチャンは気合いたっぷりにうなずいた。

「行くぞ！　俺たちはマタンキ族だ！　……ん？　掛け声はどうした？」

「掛け声？」

「そうだよ、俺たちは軍団だ。軍団の隊長が『行くぞ！』って言ったら、『オウ！』だろ、ふつう」

ふつうじゃない人に「ふつう」とは言われたくない。だいたい軍団なんて初めて聞いた。軍団なのに隊長というのも変だ。

僕らは顔を見合わせたが、カッチャンは気にもとめない。

「行くぞ！」

「……オウ」なんだか情けない声を四人の隊員があげた。

カッチャンは「マ・タ・ン・キ！　レッツゴー・マタンキ、ゴー、ゴー、マタンキ……」という、マンガから持ってきたのか、自分で思いついたのかわからない歌を、勝手な節で歌いながら、軍艦を浮かべている子安の連中のわきをするするっと通り抜けた。

僕らはそんな真似《まね》はできないから、「ちょっと、すみません」とか謝りながら、こそこそと通った。

子安の連中は「マタンキ族だってよ」「バッカじゃねえの」とギャハギャハ笑った。僕は恥ずかしさと悔しさでくらくらした。

「ちくしょう、見てろ！」

何が見てろだかわからないが、そのまま土管の外へ出た。急に明るい日が差してきた。ここから先は土管でなく、溝だ。幅二メートル、手をいっぱいに伸ばしてやっと上に届くくらいの、深くて大きな溝だ。明るくなったら、かえって不安になった。上から丸見えで、なんだか敵に背中を見せながら歩くような気分だ。

カッチャンを先頭に、僕、シゲオ、ミンミン、ユーリンとだいたい年の順で歩いていく。ドブの水は少ないがところどころ木の枝や空き缶がヘドロに引っかかっていたり、みかんの皮が左右に揺られていたりする。土管の中よりもっと「ドブ」の感じがして、「どうしてこんなところを歩かなきゃいけないんだろう」と思う。

道路脇の空き地を過ぎると、竹やぶの中に入った。

「お、いよいよ冒険だ」と帽子をしっかりかぶり直したとき、「うぉっ！」とカッチャンが叫んだ。「おい、すげえもんがあるぞ」

近寄ってみたら、息が止まりそうになった。ガイジンの女の人が素っ裸になっていた。

「エロ本じゃん！」

たまに道ばたにこういう、乾いてバリバリになったエロ本が捨ててあるけど、ガイジンのやつは初めて見た。

「お、おっぱい、でけえ！」シゲオがわめいた。

「シゲオ、やらしいな」

「でも、やっぱ、でけえよ」

「おう、でけえ、でけえ」

みんな、夏の犬みたいにはあはあしながら、跳びまわった。

「他のページも見ようぜ」カッチャンが言った。「ヒデ、調査だ。めくってみろ」

「えーっ、俺？」

エロ本はドブの水に浸かっているから汚く、手で触れるのはけがらわしい。でも、見たい。僕は近くに落ちていた木の枝を拾って、ページをめくろうとした。乾いてバリバリになった紙はなかなかめくれない。

おりゃっと気合いを入れてめくったら、やっとページが開いた。でもそれはタバコの広告だった。

なんだよ、と僕らはがっかりした。遠くからピーポーピーポーと救急車のサイレンの音が聞こえた。まだ道路からそんなに離れていないらしい。

「よし、調査は終了だ。行くぞ！」カッチャンが号令をかけ、僕らは「オウ！」と答えた。

　竹やぶが終わると、家が両側に建ち並ぶ場所に出た。同じような平屋の家が並び、溝の側面に開いた下水口から各家の排水が流れ出てくる。ときにはインスタントラーメンの匂いのする湯気がたち、ときには生ゴミの臭いがつんとする。まるで内臓の中を歩いているみたいだ。ウルトラセブンが小さくなって人の体の中に入り込む話を思い出した。しかしもっと強烈だったのは、生活の音がそのまま聞こえてしまうことだった。

　台所で包丁がトントンと野菜を切っている音、夕方にやっているテレビＣＭの騒がしい音、さらには「おい、ビール出せよ」「ご飯はまだだよ」「いいんだよ、うるせえな」という大人の男女の会話がもろに聞こえる。まるで人の家の中に勝手に入り込んでしまったようで、森の奥に入ったときより緊張する。こんな冒険になるとは思わなかった。

「いいか、静かにしろよ」カッチャンが小声で僕らに指示するが、聞こえてなかったのか、ユーリンが「お兄ちゃん、すごいね！　全部聞こえちゃうね！」と興奮した声をあげた。

「シー！」と振り向いて口に指を当てた。ところが振り返った拍子に足元に落ちていた錆《さび》だらけの一斗缶に思い切りつまずいてしまった。ガガーンという派手な音が響き、頭上から「何だ⁉」とビール男が粗暴な声を出した。そいつが畳から立ち上がる音まで聞こえた。

「やべえ！　走れ！」カッチャンが指示し、僕らはドブネズミみたいにしゅるしゅる走った。シゲオがヘドロを踏んでつるっと足をすべらせ、そのまま後ろにいたミンミンとユーリンまでもドミノのように後ろにひっくり返って手をついたが、カッチャンが手を引っ張って助けた。

　やっと家の並びを抜けて、原っぱと雑木林が混在しているところに出た。

「おー、危機一髪だったなあ」カッチャンが興奮した顔で言う。

「さっきはビックリしたよ。ユーリンは大きな声を出すし、ヒデは缶を蹴とばすし」シゲオが言うと、ミンミンが「おい、ビール出せよ」と声色を真似して自分で「いひひひ」と笑い、みんなも爆笑した。ミンミンは、兄貴の無理な命令にひいひい言っているところしか見てなかったが、意外にひょうきんなやつらしい。

「ミンミンってさ、鼻の下に中国人みたいなヒゲがあるよな」シゲオが言う。たしかに産毛《うぶげ》が妙に長い。

「ニイハオ、わたし、香港から来たアルよ」ミンミンはわざわざジャンパーの袖に互いちがいに両手を突っ込んで言う。「ビール一本五百円アルよ、イッヒッヒ」

　見たこともないけど、それが中国人そっくりみたいでおかしい。カッチャンは「ミンミン、ほらもう行くぞ」と怒鳴って落ちていた木の枝でミンミンの頭をひっぱたいた。

ミンミンが後頭部をおさえて顔をしかめながら「痛いアルよ……」とつぶやくので、僕らはまた笑った。緊張が解けたせいか、つまらないことでも妙に笑ってしまう。

そのまま三十分、距離にして二キロも歩いただろうか。

「あっ」とカッチャンは声をあげ、足を止めた。

前を見ると、道がなかった。コンクリートの壁はそこで終わり、すり鉢状の大きな水たまりになっているのだ。宅地開発でショベルカーが大きな穴を掘ったところに、ドブの水が流れ込んだようだ。関東ローム層の黄色い土が水に湿ってぬめぬめと光っている。

「蟻地獄が沼になったみたいだな……」シゲオがドンピシャなたとえをした。

細い流れが沼の向こうに続いているのが見えるが、蟻地獄沼の幅は二メートル以上あるんじゃないか。もしかしたら、そんなにないかもしれないが、そのくらいに見えた。とても向こう側にはわたれない。かといって、ここまではやっぱり二メートルものコンクリートの壁に囲まれ、地上にあがれそうにない。

「ああ、ここで終わりか」と僕は思った。

がっかりしたが、まあ、ここまでよくやったと自分を慰めた。

そのときだ。

「よし、ジャンプするぞ！」カッチャンが叫んだ。興奮しているのか耳が激しくバタバタ動いている。

「ジャンプ？　あっち側まで？」

「そうだ」

「無理だよ！」僕らはいっせいにわめいた。向こう岸は遠いし、蟻地獄沼は深いすり鉢状だから、いったん水に落ちたら、一巻の終わりだ。おぼれてしまう。

「無理かどうかはやってみなきゃ、わからねえ」

「いや、無理だ……」

　僕らが言い終わらないうちに、カッチャンの体がバネのようにぎゅーんとしなって、向こう側に跳んでいった。どさっという音がして、足が向こう側に着地した。

「おっ！」

　左足が泥でずるっとすべったが、カッチャンはとっさに近くにあったススキか何かの草をつかんで、踏みとどまった。左足の靴は少し水に浸かった。

「やったぜ！」カッチャンはさすがにちょっと青い顔をしていたが、グッと拳《こぶし》を握ってガッツポーズをした。

　すごい。ここを跳ぶなんてふつうの神経じゃない。もし届かなかったらどうするのか考えないのだろうか。だが、カッチャンの神経は僕の想像をはるかに超えていた。

「よし、次はヒデ、行くぞ！」

「ええーっ!?」

冗談じゃない。僕よりずっと大きくて運動神経抜群のカッチャンでもギリギリなのだ。僕に跳べるわけがない。

「大丈夫だ」とカッチャンは続けた。「もし落ちそうになったら、俺がおまえの手をつかむ」カッチャンは左手で草を握り、右手をこっちに差し出している。

「マジかよ……」僕は呆然《ぼうぜん》とした。どうしてこんなところで命をかけなきゃいけないんだ。

でも、真剣な顔のカッチャンが身構えている。

「これ、ヤベえよ」とシゲオがつぶやく。

「俺たちは無理だって」ミンミンは悲しそうに首を振る。

「お兄ちゃん、やめて、死んじゃうよ」ユーリンは泣きそうな声を出した。

「怖いよ」と僕は悲鳴のように怒鳴った。するとカッチャンが怒鳴り返した。

「怖かったら目つぶって跳べ！　絶対大丈夫だ。俺が保証する！」

目をつぶれ？　なんてメチャクチャな。でもカッチャンがすごい形相でこっちを睨《にら》んでいる。跳ぶのも怖かったけど、カッチャンはもっと怖かった。ここで逃げたらぶっ殺されそうな気がした。僕はぎゅっと目をつぶった。

そして、うぉっと声をあげて、跳んだ。

カッチャンをめがけて、跳んだ。

ズバーン！　爆発するみたいに水が撥《は》ねた。僕は沼の中に落ち、黄色い泥の上を前のめりにすべった。

「しまった！」と思った瞬間、バンザイのようになった手を骨張った手ががっちりつかんだ。

「よし！」カッチャンの頼もしい声がして、僕は向こう岸に引き上げられた。

「ヒデ、よくやったぞ」

カッチャンに初めてほめられた瞬間だった。

僕は、はあはあはあしながら叫んだ。「おーい、やったぞ！」声が震え、足がガクガクした。

うぉー、すげー！　と向こう側からシゲオたちが歓声をあげた。

「ほら、俺の言ったとおりだろ」とカッチャンはにやっと笑った。

「ああ、やればできるんだね」と僕もやっと笑った。なんだかヒーローになった気分だった。こんな気持ちは初めてだ。

「でも、このあとはどうするかな。シゲオは跳べるかな……。ミンミンとユーリンは無理だな」カッチャンは冷静に言った。

「ちょっと待って」僕はきょろきょろと辺りを見回すと、上流のほうに走った。一メートル半くらいの木の棒が落ちていた。それを拾って、持って帰った。

「これで水の深さを測ろうよ。もしかしたら浅いところがあるかもしれない」実際に棒を突っ込んでみたら、こちらから見て右側のほうは土がたまっていて、そんなに深くなかった。

「おい、こっちからなら、歩いてわたれるぞ」僕はシゲオたちに呼びかけた。

残りの三人はずっぽり泥水に浸かりながらも、なんとか沼をわたった。

信じられないが、蟻地獄沼を全員がわたってしまった。

僕らはもう熱に浮かされたように、夢中でどんどん歩いて行った。

——どこまで行くんだろう？　本当に源流まで行くのかな。源流がはるか彼方だったらどうしよう。カッチャンは途中でやめそうもないし……。

不安にかられてきたところで、ドブは唐突に終わった。

コンクリートの壁が立ちふさがり、その真ん中にサッカーのボールくらいの大きさの土管が口を開け、濁った水がちょろちょろと流れ出ていた。

「着いた！　これが源流だ！」

おお、すごい！　ほんとに源流を突き止めてしまった。またやぶけを出発したときはドブは得体のしれない黒い川だったが、実はこんなちっこい下水管なのだ。探検してはじめてわかったことだ。

「俺たち、勝ったな！」僕は思わず口走った。

「おー、勝ったぜ！」シゲオが強くうなずき、

「勝ったアル」とミンミンがふざけ、

「勝った、勝った！」ユーリンが無邪気にはしゃいだ。

僕らは今、他の誰もやってないことをやり、誰も知らないことを知ったのだ。ドブから這《は》い上がって地上に出た。どうやらここは山を切り開いて作られた新興住宅街のはずれみたいだ。林と空き地と建てかけの家がごちゃごちゃと入りまじっている。ドブ脇の空き地に土を盛り上げた山があった。北野街道をゴーゴー走っているのと同じダンプの一台が荷台を傾けて土砂をザザザーッと落としていた。「あの土はどこから来てどこへ行くのか」というユーリンの疑問も一部解けた。まさか、山の中に土を持って行っていたとは思いもよらなかった。山の土と住宅用の土はちがうらしい。これもまた発見だ。

ダンプが走り去ったあと、僕たちはみんなで靴をずぶずぶさせながら土の山を登った。けっこう高くて、又木のほうがよく見えた。

「おい、八王子の町が見えるぞ」カッチャンが興奮して指差した。

「ほんとだ！」

よく見ると、遠くに、八王子駅周辺のビルがたそがれの中に光っている。子安の連中にとっては近所でも、僕らには月に一度行くか行かないかという「町」だ。それに又木

からは町が見えない。又木よりもっと遠くに来たら町が見えた。不思議だ。

　カッチャンはきょろきょろ周りを見回して言った。

「あー、たぶん、ここは横浜線の踏切のところからまっすぐ行ったところだ。道路沿いならすぐ帰れるな」

　場所はわかったが、もう日は落ちて、薄暗くなり、ドブ人間の僕たちは体が冷えてきた。

「寒いな」「だって、びしょぬれだもんな」僕たちがぶつぶつ言っていると、カッチャンが急に僕に体当たりしてきた。僕は吹っ飛んで、斜面を転がり落ちた。

「何、するんだよ！」僕が呆然として言うと、カッチャンは「ヒデ、押しっこだあ！」と叫んだ。

「押しっこ？　何だ、そりゃ？」

「いいんだよ、寒いときは押しっこだあ！」

うおおお！　とカッチャンはシゲオ、ミンミン、そしてユーリンにも体当たりしていった。ユーリンはすぽーんときれいに吹っ飛ばされて、一回転した。首筋に土がごそっと入った。顔も土だらけだ。

「くそ！」僕は起き上がり、「カッチャン、押しっこだ！」とカッチャンにぶつかった。

　みんな、無我夢中で土の山を這いつくばって登っては「押しっこだあ」「押しっこだあ」と叫んで誰かれとなく体当たりをし合った。

「うぎゃ」「どりゃ」「わー」「ひええ」とわめき声が交錯し、僕はみんなの体にぶつかった。シゲオの骨太な肩、ミンミンのちょっとぽっちゃりした腹、ユーリンの細い腕、そしてカッチャンのがっしりとした背中。

カッチャン隊長の発明しためちゃくちゃな「押しっこ」が、カッチャン軍団最初の遊びだった。相変わらず意味はまったくわからないけど楽しい。

ドブの水に濡れたうえ、茶色い土まみれだ。とてもお母さんには見せられないけど、体の芯《しん》から暖まった気がした。僕たちはへとへとになると、手足を地面に投げ出して座り込んだ。

暮れゆく日に慌てふためくように飛ぶコウモリ、カーカーと人をバカにしたように鳴くカラスの声にまじって、「わおーん、わおーん、わん、わん」という犬の吠え声が聞こえた。

「ワオーワンワンだ」カッチャンが言った。

僕たちはここ、またやぶけの源流を「ワオーワンワン」と名づけると、マタンキ族の歌を大声で歌いながら家に帰って行った。

こうして僕はカッチャン軍団の仲間入りをしてしまった。正直言って、これが「よい友だち」なのかどうか自信がなかったけれど（特にお母さんに説明する自信はまったくなかった）、一つだけはっきりしたことがある。
カッチャンは単に「変なやつ」や「すごいやつ」じゃない。
僕にとって、憧れのヒーローになったのだ。

復しゅうの鉄橋

六月のある午後、僕は弟のユーリンを連れてカッチャンちへ行った。

またやぶけの冒険から二ヶ月あまり。僕はシゲオや、ユーリンとともにカッチャン軍団の隊員になっていた。「軍団」だけどカッチャンが「隊長」と言うので、ちょっと変だけど僕らも「隊員」なのだ。カッチャン隊長の思いつく遊びはびっくりするようなものが多くて楽しかったが、びっくりしすぎて迷惑なものもあった。

楽しさと迷惑さの間をふらふらしながらも、なぜか放課後になると、足はカッチャンのうちに向いてしまうのだった。

カッチャンちの庭は広かった。家屋の前には大きな木がいくつもあり、青々とした葉を繁らせていた。庭の真ん中にある古い井戸のまわりでも濃い緑の雑草がツンツンと葉を突き出し、赤と黒のテントウムシが細い葉を揺らしながら歩いていた。

ユーリンが指でテントウムシをピーンとはじくと、ぴゅーんと曇り空に飛んでいき、パッと羽を開いて、蒼い紫陽花《あじさい》の花に着地した。面白い。弟の真似をしてテントウムシをはじこうとしたときである。

「動くな！」というでかい声がして、ビクッとした。しかし声はこっちに向けられたものじゃなかった。

家の裏に回ると、ミンミンがブロック塀を背にして泣きそうな顔で立っていた。頭にはリンゴをのせている。二メートルくらい離れたところでカッチャンが口にプラスチック製の玩具の吹き矢をあてていた。

「動くなって言ってんだろ！」吹き矢をはずしてカッチャンが怒鳴る。ミンミンはぶるぶる膝《ひざ》を震わせている。

「何してんの？」僕はおそるおそる声をかけた。

カッチャンは吹き矢を構えてミンミンを睨みすえたまま、「ウィリアム・テルの実験だ」と答えた。

思い出した。シゲオが「最近カッチャンはウィリアム・テルに凝っていて、やばい。俺も頭にリンゴをのせて立てって言われたけど、必死に逃げた」と言っていた。逃げられるやつはいいが、そうでないやつもいる。例えば弟のミンミンがそうだ。

吹き矢は玩具なので矢の先にゴムがついているが、顔に当たれば痛いに決まっている。

だいたい怖い。

その矢がピュッと飛んでミンミンの顔を直撃しかけた。ミンミンは素晴らしい反射神経でぴゅっと首をすくめ、矢はリンゴに命中した。

「やったー！」カッチャンは雄叫《おたけ》びをあげ、満足気に立ち上がった。ミンミンは精根尽き果てた顔でフーと長いため息をついた。

これがカッチャンの面白さと迷惑さだ。


「今日、何して遊ぼうか」

シゲオもやってきて全員集合したとき、カッチャンが腕組みをして口を開いた。

ここぞとばかり、僕ら隊員が「ケイドロ」とか「缶けり」とか「家で億万長者ゲーム」とかいろいろアイデアを出したら、カッチャン隊長は低い声で言った。

「いや、俺は復しゅうがしてえ」

耳をバタバタ動かしている。気持ちが高ぶっているときの癖だ。

「え、復しゅう⁉」僕は驚いた。みんなに意見を訊いていたのにそれを完全に無視している。しかも「復しゅう」だ。何考えてるんだろう。

「復しゅうか。それ、すごいな」とひねくれ者のシゲオが目をぐりぐりさせて言った。

「復しゅう、とても楽しいアル、イッヒッヒ」とウソ中国人化したミンミンも楽しそうに応じる。

え、復しゅうはけっこう受けている？　そういえば、藤子不二雄《ふじこふじお》の『魔太郎がくる!!』というマンガは面白い。毎回魔太郎というういじめられっ子が黒魔術でいじめっ子に復しゅうするという暗い話なのだが、たしかにああやって、悪いやつを懲《こ》らしめてみたい気持ちはある。

「カッチャン、復しゅうやろうぜ」現金な僕はあっさり賛成したが、一人だけ「イヤだ」とキッパリ言うやつがいた。一年坊主のミソっ子ユーリンだ。渋い顔をしている。

「勉強なんかしたくないよ」

「その復しゅうじゃねえよ」僕は大声で突っ込み、みんなで爆笑した。

「じゃ、何なの？」

「悪いやつをこっそりやっつけることだ」シゲオが偉そうに解説した。ちょっとちがうような気もするが、ユーリンは勉強でなければ何でもよかったらしく、「おー、そりゃすげえ！」とぴょんぴょん跳びはねた。

「ふーん、でもさ、誰に復しゅうするの？」僕はカッチャンに訊いた。

「うーん、そうだなあ……」カッチャンは腕を組んだまま首をひねった。

「誰かいじめられているやつはいねえか？」

僕らは顔を見合わせた。学校では又木の人間ということでちょっと嫌な思いをすることもあったけど、ふつうに友だちがいてふつうに遊んでいた。いじめられてもいないし、憎んでいるやつもいない。

「ミンミンなんか誰かにいじめられてるんじゃねえの」シゲオが意地悪そうな顔でにやっとした。ウィリアム・テルを筆頭とする数々の「実験」、あれは十分いじめに値する。

ミンミンはあわてて「ううん、そんなことない、ない」とぶるぶると首を振った。

「それよりユーリンはどうよ？　ヒデちゃんにいじめられてたりして」

ギクッとした。僕はよく家で嫌がるユーリンを4の字固めで締め上げたり、相撲をやるときは、僕が貴ノ花になり、三歳も年下の小さな弟を高見山に見立てて思い切り上手投げでぶん投げたりしている。あれもいじめじゃないかと言われたら言い返す自信がない。

ユーリンは「そんなことないよ。プロレスとか相撲でよくやられてるけど、真剣勝負だからしかたないよね」と朗らかに答えた。

よかった。やつはまだ気づいていないらしい。

「なんだよ、五人もいて、誰も復しゅうの相手がいねえのかよ」

ふがいないという口調でカッチャンが文句を言う。

復しゅうしようにも相手がいないとは落とし穴だった。そこまではさすがのカッチャンも考えてなかったようだ。

「ま、相手はあとで探すとして、まず復しゅうの準備をしよう」とカッチャンが現実的な判断を下した。

カッチャンとミンミンの兄弟は庭の隅にある物置から道具箱を持ってきて、金鎚《かなづち》と釘を取り出した。「魔太郎」はいつも呪いの人形に釘を打ち込むからこの二つは復しゅうの必需品だろう。

人形はさておき、カッチャンは釘を一本取り出して、紫陽花の前の乾燥して固くなった地面に打った。すると、一瞬にして蜘蛛《くも》の巣のようなひび割れが走った。

「おおっ！」僕たちはどよめいた。

僕たちは入れ代わり立ち代わり釘で地面を打っていった。柔らかいところではずぶっと刺さってしまい、面白味に欠ける。やっぱり固い土がいい。地面にひびが入る感触が「何かを壊している」という感じでいいのだ。

ひとしきり地面を叩いたあと、僕は何か他のものが割れないかと探し、細い角材の切れ端を見つけた。これを太めの釘で打つと、刺さらずにぱっくり二つに割れた。

釘は刺さるものだとばかり思い込んでいたが、やりようによっては木を割ることもできるのだ。

これをみんなで真似しはじめた。シゲオは庭に生えている樺《かば》の枝を拾って、釘を打ったが、ずぶっと刺さっただけだった。

「生木はダメだ。乾いた木じゃないと割れねえよ」カッチャンが言った。

いろいろやっているうちに、大きい釘のほうがよく割れることに気づいた。小さい石を割ろうとしたが、割れない。割れないどころか、石が動いて、手を打ちつけてしまう。でも、シゲオが自分のうちから持ってきた五寸釘で試したら見事にパッカンと割れた。

「もっと大きい釘があれば、もっと大きなものが割れるよ」僕が言うと、カッチャンは「五寸釘より大きい釘なんかあるかな」と首を傾《かし》げた。

自分の手ばかり打って「イテテ！」と騒いでいたユーリンがみんなの活躍に焦《あせ》ったのか、「これ、貸して」と道具箱にあったマイナスのドライバーをひっつかむと、それで石を叩いた。すると驚いたことに石は見事に割れた。

「ほーら！」いつもミソっ子扱いのユーリンは得意満面になったが、カッチャンに却下された。

「ダメだ。ドライバーなんて」

「どうして？　よく割れるじゃん」

「俺たちは復しゅうするんだよ。ドライバーで復しゅうできるか」

忘れていたが、復しゅうはまだ続いていたのだ。お調子者のミンミンも、

「魔太郎がドライバーで人形を叩いたら笑っちゃうよな、イッヒッヒ」と笑った。

たしかにその光景を想像すると何だか滑稽《こっけい》で思わずみんなで笑ってしまった。

ともかくもっと大きな釘がほしい。僕たちはそれを今日の課題とし、釘探しに出発した。

カッチャンちの隣はシゲオんちである。そこを通り過ぎて北野方面へ土の道を歩いていくと、横浜線の線路にぶつかる。左に行けば八王子、右へ行けば片倉《かたくら》、ずっと行けば横浜だ。ただし横浜には一度も行ったことはない。

ネコジャラシをむしって手で握って動かす「毛虫手品」をしたり、他のやつの首筋をくすぐったりしながら線路沿いを右に歩いていく。線路脇は黒っぽい枕木が地面に立てて並べられ、そのまま柵になっていた。

「黒いのは、虫に喰われないように煙でいぶすからだ」学校で教えないようなことには妙に詳しいカッチャンが説明した。

ところどころ、古い枕木が地面に投げ出されていた。もう半分朽《く》ちてボロボロになっている。僕はすかさずしゃがみこんで木をチェックした。朽ち木にはクワガタがいることがあるからだ。

「枕木だからいねえよ」とカッチャンは笑った。たしかに木は乾ききって、〝生きた感じ〟がしない。「ちぇっ」と朽ちた枕木を思い切りけとばした。ズボッと木屑が煙のように舞い上がると同時に、靴の先がつぶれて親指がズキズキした。何か硬いものにぶちあたったのだ。

「いて！」見ると、崩れかけた木の合い間から錆びた鉄みたいなものがのぞいていた。

「なんだ、こりゃ？」

「ヒデ、それ、犬釘《いぬくぎ》だ」カッチャンの顔がパッと明るくなった。

「え、これ、釘？　こんなでかいのが？」

僕は手でつかんで引っこ抜いた。長さ二十センチ、太さ二センチほどの赤錆びた鉄の棒が冬眠中の蛇みたいにずるっと出てきた。小さめの釘抜きよりでかい。これほどでかい釘はほかにない。五寸釘も犬釘の前では、赤ん坊みたいなもんだ。

「これだ！」

カッチャンはもちろん、シゲオ、ミンミン、ユーリンも犬釘を抜きはじめた。犬釘はどれも錆びて赤茶けていた。手でつかむと、手のひらが赤くなり、ざらざらした錆の臭いがしみつく。

「これ、どうして犬釘って言うんだろう？」シゲオが不思議そうに訊いた。

「さあな」とカッチャンは言った。

よくわからないけど、犬釘という言葉とその錆だらけの重みが、映画『犬神家の一族』を連想させ、「復しゅうにうってつけ」という気がした。

枕木には朽ちているものもあれば、まだけっこう頑丈なものもある。ユーリンはただでさえ力がないのに新しい枕木に挑戦してしまい、苦労していた。それでも何とか五人全員がそれぞれ、自分の犬釘を手に入れた。

「まず実験だ」カッチャンの指令のもと、僕たちは道にしゃがみこんだ。カッチャンは舗装されていない固い地面に犬釘をあて、大きな金鎚で叩いた。

ドスッという鈍い音とともに地面がベニヤ板のようにベリッとはがれて、飛び散った。すごい迫力だ。

石はどうだろうか。僕は畑のわきに転がっている片手で持てるくらいの大きめの石を叩くと、パキッと真っ二つに割れた。すごく気持ちがいい。ただ、もっと大きい石になると、割れない。割れないと、すごく手が痛い。「いてて……」と手を振っていたら、シゲオが「おりゃ！」と気合い一発でぶち割った。

石の次はブロックやコンクリート。ふつうのものは無理だが、その辺に落ちている破片みたいなものならミンミンやユーリンにも割れた。

そうやってみんなで実験を繰り返すうちに、もっとすごいものを割りたくなった。何かないかと周囲を見渡す。ユドノこと湯殿川が流れ、細い舗装道路があり、あとは古い民家と線路……。

僕たちが目をつけたのは、ほんとうにすごいものだった。

「あれだ！　あれを割ろう！　復しゅうだ！」カッチャンが叫んだ。両耳をバタバタと激しく動かしている。

湯殿川にかかっている横浜線の鉄橋。

なるほど。あれなら僕たちの「敵」だ。

国鉄はよくストライキをやる。ある日、朝のラジオで「今日は国電全線でストライキ」と聞くと、カッチャンは大喜びし、学校が終わると、いつものように集合した僕ら隊員を連れて、横浜線の線路に走っていった。踏切から線路の中に入るという。

カッチャンは「ストだから電車は来ない。絶対安全だ」というけど、いつもは「絶対に入ってはいけない」という線路に入ってどんどん歩いていくのだ。そのおっかなさは並みではなかった。

クライマックスは湯殿川にかかる鉄橋だ。ここもそのまま歩いていくというのだ。高さがあるし、単線だから幅がせまく、まるで平均台のようでそうとう怖い。

もっと怖いのは、もしストが途中で終わって、電車が走り始めたらどうしようかということだ。他の場所なら横に逃げれば済むことだが、鉄橋の上は逃げ場がない。十メートル以上もの高さから、浅い湯殿川に飛び降りるしかない。鉄橋にそのままいたら死ぬし、飛び降りても死ぬか大怪我だろう。

こんな近所なのに命がけの大冒険と化すのだ。

僕は電車が来るとか来ないとかという以前に、橋の上に立っただけでくらくらと川底に引き込まれそうになり、恐怖のあまり四つん這いになって一歩も前進できなかった。シゲオもミンミンも同じだ（ユーリンはさすがに線路に入らせず、見張りをやらせていた）。ただ一人カッチャンだけがスタスタと鉄橋の上を歩いて渡りきった。

おー、さすがカッチャン、すげえな！　と感動していたのも束《つか》の間《ま》、下に降りてきたカッチャンは白い自転車でやってきた二人のおまわりさんに捕まった。近所の人に通報されたのだ。

逮捕されたりはしなかったが、カッチャンだけでなく、僕もユーリンも両親に死ぬほど怒られた。お父さんにはこっぴどく殴られた。そんなのは生まれて初めてのことだった。

カッチャンとミンミン兄弟も、シゲオも、みんな、家でめちゃくちゃ怒られたという。

当然といえば当然だが、なんだか気持ちがおさまらなかった。

だからカッチャンが鉄橋に向かって「復しゅうだ！」と言ったとき、僕たちはみな、

「オウ、復しゅうだ！」「やろう、やろう！」と気勢をあげたのだ。

鉄でできた橋自体は割れないし、線路を歩かないでそこまで登るのも不可能だが、橋げたなら手が届く。下がコンクリートで上がレンガ造りだ。僕が偵察隊としてコンクリートの基礎の上に乗り、レンガを軽く叩いてみた。カツンと微妙な音がした。割れるか割れないか、判断がつかない。

でも、ここで思い切り犬釘を橋げたに打ちつけたら、派手な音がして、あっという間にまた近所の人に学校か警察に通報されるだろうということはすぐわかった。

前回の怖ろしい記憶があるので、みんなどうしても慎重になる。

躊躇《ちゅうちょ》していたら、カタン、カタン……と鉄橋のレールが誰かに何かを語りかけるように音を鳴らしはじめた。電車が近づいているのだ。

カタンカタンの語りは急激に盛り上がり、そしてゴーともガーともつかない、何か圧倒的に巨大なものが襲い掛かってくるような轟音《ごうおん》が響いた。電車が真上を走っていた。

「そうか。このとき打てばいいんだ」

あまりの迫力に思わず首をすくめながら、カッチャンは叫んだ。電車の音で復しゅうの音を消す。素晴らしいアイデアだ。

横浜線の本数は少ない。上り下りともに二十分に一本ずつ、両方で十分に一本のペースだ。もっとも、片倉駅で上下線が待ち合わせをするから、八王子発の上り電車が通過したら、その二分後には八王子行きの下り電車が来る。

川はカーブしていて、橋げたからは見通しが悪い。カッチャンの指示で、ユーリンが川の上流側、ミンミンが下流側へそれぞれ見張りに立った。大人でも子どもでも、誰に見つかってもアウトだ。

「みんなが敵と思え」とカッチャンは命じた。僕らは緊張した。

カッチャンは犬釘を構えて待った。カタン、カタンという不気味な語りがはじまった。数百メートル先にある踏切の警報機がカンカンカンと激しく鳴った。警報機だけが僕らの味方のように思えたが、そんな心強さも一瞬である。緑と青の車両が混ざった電車がカーブに傾きながらこちらに突っ込んできた。横浜線には専用の車両がない。緑色は山手線、青色は京浜東北線のお古をもらってきて、つぎはぎなのだ。

不恰好《ぶかっこう》で頭が悪そうなだけに横浜線はなおさら怖ろしかった。何かにとり憑かれたようにこっちに突っ込んでくる。ゴーゴーと鉄橋が鳴り出したとき、カッチャンは「わー」とか「ぎゃー」とか奇声を発しながら金鎚で犬釘の頭を叩きだした。ガタンガタン、ガタンガタン……と車両が通るたびにひときわ大きな音がする。

「カッチャン、行け～！」と僕たちも怒鳴った。すべてが轟音にかき消された。

インパクトはすごいが電車が通過する時間は短い。十秒かそこらだ。足場も悪い。カッチャンは必死に釘を打つ。僕は懸命にカッチャンの右足を、シゲオが左足をおさえた。釘がレンガを打つ響きと列車の響きがカッチャンの体を通じて、電気のように僕の体を駆け抜けた。あっという間に電車は通り過ぎてしまった。

電車が行ってしまうと、カッチャンは下に降り、ユーリンとミンミンも走ってきた。みんなで「復しゅう」の成果をのぞきこむ。

ほんの少しレンガがはがれ、中からピチピチした真新しいレンガがのぞいた。

「生きたレンガだ」と僕は思った。この中にクワガタもカブトムシもいないのだが、なぜか胸がときめいた。電車の鉄橋というめちゃくちゃな強敵もレンガを少しはがしただけで、ただの裸になってしまうのだ。

「これこそ復しゅうだ」カッチャンが宣言し、僕たちもうなずいた。そして僕、シゲオ、ミンミン、ユーリンの順で、電車が通過するたびに復しゅうを続けた。

夕方になると、犬釘を打ちつけたところが少し穴らしくなってきた。僕たちは土をこねたもので穴をふさいで家に帰った。

翌日は本格的に復しゅう活動を行った。鉄橋に直行し、穴を掘るのだ。電車が通過したときだけガンガン金鎚を叩き、犬釘でレンガを削る。犬の散歩をする人や自転車の子どもが通りかかると、見張り役が「人が来た！」と通告し、釘打ち役は復しゅうをやめて知らん振りをした。

クラスの友だちもときどき通る。長谷川真理も友だちと一緒にピアノ教室へ行く途中通りかかり、僕の顔をのぞきこむようにして「何やってんの？」と訊いた。

「また変なことをやろうとしてるでしょ？」

どうしてわかるのだろう。うちのお母さん並みに勘が鋭い。

「変なことなんかしねえよ」と言い返したら、「またおじさんとおばさんに怒られることになるよ」と妙に予言めいた言い方をして行ってしまった。

なんだ、あいつ。まあ、関係ないけど。

長谷川の姿が見えなくなると、また全員が持ち場に戻った。

電車が来ると復しゅうをし、通り過ぎると、また十分くらい待つ。近くの草むらで殿様バッタや草バッタ、コオロギやキリギリスなんかを捕る。また電車が来ると、別の者が復しゅうをはじめる。

窪《くぼ》みが深くなるにつれ、力を入れても入れても掘削は進まなくなった。僕はテレビで見た工場のシーンを思い出した。石を切るときに水をかけていた。「冷やすと熱が逃げてよく切れるようになる」と説明していた。

僕はジュースの空き缶を拾い、川に下りて、缶を一度ゆすいでから水を汲《く》んだ。そして、カッチャンが叩くとき横に一緒に立ち、同時に水を穴にかけた。ほんとうに工場で作業をしている気分だ。

「どう、掘りやすい?」僕が訊くと、カッチャンは「よくわかんねえけど、埃《ほこり》が立たないのはいいな」と答えた。釘を打ったびに、飛び散ったレンガの細かい粉が目や鼻に入って、僕たちは閉口していたのだ。

三日目の終わり、犬釘の先端が穴に隠れるくらいになると、もう作業は進まなくなった。穴は路上から見てもはっきりとわかるくらいの大きさだ。

「もう、いいだろう。復しゅう成功だ」

カッチャンは正しい。穴を開けられた鉄橋はもはや僕たちの敵ではなかった。

「いいか、俺たちだけの秘密だぞ」カッチャンがみんなの顔を見ながら言った。

僕もシゲオもミンミンもユーリンも、神妙にうなずいた。

「よし、じゃ帰ろう！」

僕たちは穴にカムフラージュの泥を詰めると、パンパンと手でTシャツと半ズボンの埃を払った。そして、旗でも振るように犬釘を高くビュンビュン振り回し、「レッツゴー、マタンキ、ゴー、ゴー、マタンキ！……」と歌いながら一列になって川沿いの道を帰って行こうとしたそのときだった。

川の上流の方から二台の白い自転車がこっちに向かってくるのが見えた。

「やばい、警察だ！」

しかもこの前捕まったのと同じおまわりさんたちみたいだ。

「隠れろ！」カッチャンの指示で、僕らは鉄橋から少し離れた土手に駆け上がり、腹這いになった。これなら下のおまわりさんたちから見えないはずだ。

ところが、てっきり通り過ぎると思ったおまわりさんたちは鉄橋の下で自転車を止めてきょろきょろまわりを見ている。また近所の人に気づかれ、通報されたのかもしれない。

カッチャンは身振りで合図し、僕らは少しずつ土手を上った。でもおまわりさんたちもこっちにやってくる。もう隠れる場所はない。

僕らは鉄橋に穴を開けてしまった。凶器の犬釘も持っている。今度こそ本当に逮捕されるかもしれない。親に怒られるどころか、学校を辞めさせられるかもしれない。僕は足が震えて、倒れそうになった。さすがのカッチャンも目が血走っている。

長谷川があんな予言するからだと僕は恨《うら》んだ。

もうダメかと思ったとき、カッチャンは思いも寄らない行動に出た。鉄条網をくぐって線路の中に入っていったのだ。そしてすっと姿を消した。

「え？」

よく見ると、線路の枕木と枕木の間にある細い溝から「こっちだ」と手招きしている。僕はもう考える余裕もなく、とにかくカッチャンのほうへ走った。

鉄条網に右の腿《もも》がひっかかったが無我夢中で線路の中に入り、レールの下の溝に頭から突っ込んだ。溝は子どもがしゃがんで頭がレールにつくかつかないかという深さだった。

あとからシゲオ、ミンミン、ユーリンの順で、溝に入ってくる。みんな、顔が引きつっていた。

まさか復しゅうがこんな結果になるとは夢にも思わなかった。

でもここなら絶対におまわりさんたちに見つからない。外からは決して見えないからだ。

「よし、俺たちは警察にも復しゅうしたぞ」カッチャンが耳をバタバタさせながら、小声で叫んだ。僕らも「オウ！」と小さくうなずいた。

一分か二分かそのままの体勢でじっとしていた。

「そろそろ大丈夫じゃない？」とシゲオが言った。

「警察は行ったアル。わしら、頭いいね、イッヒッヒ」ニセ中国人犯人みたいにミンミンが言い、僕らはくすくす笑った。

おまわりさんたちもまさか子どもたちが線路の中に隠れたとは思わないだろう。完全に相手の裏をかいた。ルパン三世も真っ青だ。さすがはカッチャン隊長だ。

でも、カッチャン隊長も僕ら隊員も肝心なことを忘れていた。

カタン、カタンと不気味な語りが聞こえてきたのだ。

「あ、電車が来る！」ユーリンが悲鳴をあげた。

そう、ここは線路。ストライキもやっていない。当然電車が通る。しまった、と思ったときはもう遅かった。カタン、カタンの語りはずんずん大きくなっていく。しかもその音の大きさと迫力は鉄橋の橋げたで聞いたものとは比べものにならない。

何しろ僕らの頭はどれだけ首をちぢめてもレールの真下十センチのところにあるのだ。

「うわーっ」「死ぬ！」誰かが叫んだが、その声も轟音にかき消された。

突然、真っ暗になり、巨大なものが信じられない衝撃で僕らを襲った。

僕は犬釘を片手に持ったまま耳をふさぎ、必死で体を丸めた。隣のカッチャンとシゲオに体をぴったりつけた。誰も彼も振動で体がビリビリと震えていた。みんな、まとめて体が宙に浮いたような気がした。

十秒くらいして、電車は走り去っていった。まだレールはごとごと音を残していたが、また明るい日差しが差し込んできた。

僕らはのろのろと溝から這い出し、鉄条網をくぐって、外に出た。魂を抜かれたように、ぺたっと草の上に尻餅《しりもち》をついた。みんな、手や足から血を流しているのに気づいた。鉄条網にひっかけたらしい。

僕らは手にしている錆色の犬釘をじっと見つめた。これで復しゅうなんてどうかしている。しかも相手は鉄道と警察……。

でも何より僕らが怖いのはお父さんとお母さんだ。手足についたひどい切り傷をどう説明しようか考えると、頭が痛くなったのだった。

八幡様のクワガタ捕り

夏休みもせまったある日曜日、僕は朝三時に起きた。朝というより夜中だ。ふだんは放っておけば何時までても寝ている僕が、自力で起きたわけで、つまりろくでもないことをやるのはまちがいない。少なくともお母さんはそれを心配して一緒に起き出して来た。

シャツと半ズボンに着替えると、「気をつけなよ」「うん。じゃあ、行ってくる」というお決まりの挨拶もそこそこに、僕は自転車にまたがって家を出た。

辺りは暗く、静まり返っている。僕は正しい小学生として、毎日日が暮れるころには家に帰るという決まりを守っていた。もちろん夜にひとりで外出することもない。なのに、今は大人ですら眠りについている時間にひとりで出かけている。それだけでも血がざわざわする思いだ。しかしそんな感慨に耽《ふけ》っている暇はなかった。

「早く、急がないと、早く……」

今日はこれから八幡様《はちまんさま》にクワガタ捕りに行くのだ。八幡様とは、国鉄八王子駅を越え、八王子市内の「大河」浅川《あさかわ》を越え、さらに少し行ったところにある神社だ。敷地内は大きな森となっている。そこに一本、すごい木がある。行けば必ずノコギリクワガタ、通称「ノコ」が捕れる木なのだ。

ノコは僕たち八王子、特に六小の子たちの間では最高級とされ、そのグレードはカブトムシ以上だった。ノコ——それは大袈裟《おおげさ》に言うなら、子ども仲間のランキングを変える宝物だった。ノコを捕まえると三日くらいは自慢できたし、友だちがうちに見にやってくる。ついでに野球の打順を一番にしてもらえたりもする（早く打ちたいから一番打者が人気なのだ）。

そんなパワーを秘めたノコがほぼ確実に捕れる木。まさに打ち出の小槌《こづち》みたいな魔法の木のようだが、一つだけ問題があった。それは一日に一匹しか捕れないということだ。その日、最初に行った者が見つけると、あとは誰がいつ行っても絶対に捕れない。

六小の子たちにとってこれは大問題だった。なぜなら八幡様は遠いのだ。小学校の学区三つ分も離れ、自転車でも三十分以上かかる。僕たちが親から「遊びに行ってもいい」という限界ライン上にある。そんな場所に、一番乗りするのは至難の業《わざ》だ。よそ者の僕たちが知っているくらいだから、地元の子どもたちは当然知っていて、先に捕ってしまう。

僕の同級生の中には運良く放課後に行って捕まえたという者もいたが、たいていは空振りに終わっていた。僕もこれまで二回「遠征」に行ったが、手ぶらですごすご帰ってきた。

最後の手段は誰よりも早く、夜明けと同時に入ることだった。だが、なにぶん場所は遠いし、真っ暗なうちに家を出なければならない。そこで僕も他の友だちもためらっていたのだが、いよいよそうも言っていられなくなってきた。

去年までは又木町と隣の片倉町の境に「丸岡《まるおか》の森」と呼ばれる場所があり、ときどきノコが捕れた。ところが去年の夏に突然その森はつぶされ、あっという間に小ぎれいな団地になってしまった。大人は本当に無造作にそういうひどいことをする。おかげでノコは今まで以上に貴重になった。

カッチャン軍団ではノコの数を競っているのだが、今のところかろうじて一匹持っているのはカッチャンとシゲオだけだ。僕はひそかに軍団のナンバー2だと思っている。でもシゲオもそう思っている節がある。ノコの一匹も飼っていないでナンバー2だなんて言えない。シゲオにも笑われる。

こんな状態では学校のみならずカッチャン軍団内でもランクが落ちてしまう。それは怖い。先生や親に何か言われるより、カッチャンに「ヒデはダメだな」と言われるほうが胸にグサッとくる。

「ノコ捕りは遊びじゃねえんだ」というカッチャン隊長の言葉を思い出した。カッチャンは探検でも野球でも全て「遊びじゃねえんだ」と言うのが口癖だ。どれも遊びなのだが、カッチャンがそう言うとき、探検も野球も単に真剣にやるという以外に、「他の人に変な目で見られても無視してやる」とか「やりすぎるほどやる」という意味がこもっていることを、僕はだんだんと理解していた。理解するばかりでなく、体に染み込んできていた。

　よし、こうなったら八幡に行ってノコを捕るしかない！　夜のうちに出かけてやる。そこまでやったやつはまだ誰もいない。そう思って日曜日の朝一番に森に入ることにしたのだ。

　僕はしゃかりきになってペダルを漕いだ。昨夜の熱が残った生ぬるい空気と朝のひんやりした空気が入り混じって、交互に顔をなでていた。

　長谷川真理の家の前を通った。二階にある長谷川の部屋をちらっと眺め、そのまま走って「こぐり」を抜けた。自転車のギアを軽くして、この界隈では最大の由井《ゆい》のだらだら坂を上っていく。

「なんであんなやつのところに行かなきゃなんないんだろう」僕はいまいましく思った。

八幡様へまっすぐ行けば坂はいくらもなくて早いのに、相棒のマサトのうちに行かなければいけないのだ。

マサトは一ヶ月前、うちのクラスに転校してきたばかり、ゴリラみたいな体格のやつだが、無口で茫洋《ぼうよう》としたやつだ。最初の挨拶も「初めまして。佐藤正人《まさと》です。マサトと呼んでください」とぼそぼそと言っただけだ。まあ、転校したてだから無理ないかもしれない。

ノコ捕りはふつうなら軍団のメンツで出かけるところだが、今回はシゲオを出し抜くためだから一緒には行けない。

そこで学校の教室で「今度の日曜日、朝イチで八幡に行くんだ。だれか一緒に行かない？」と呼びかけたところ、仲のいい友だち連中は少年野球の練習が朝からあるからダメだと言い、仲良しでもないマサトが「オレ、行く」とのっそり後ろから言ったのだ。なんでマサトが、と思ったものの、「いいよ」と答えた。僕は誰とでも一緒に遊ぶ性質《たち》だったし、どっちにしてもひとりでは心細くて行けないのだ。

由井のだらだら坂を上りきったところにマサトの住む団地があった。それを見て「はあ」とため息をつく。だって、それは丸岡の森をつぶして建てられた例の団地なのだ。マサトには関係のないことだけど、皮肉というしかない。

一度みんなで家の前まで行ったことがあるだけだったし、暗いので、同じ形の建物が並ぶ団地群のマサトの家を探し当てるのは一苦労だ。六小の学区内には今まで団地などなかったからなおさらだ。「また遅くなる」と僕はあせった。僕は時計を持ってないし、日の出の時間もよく知らない。

マサトの家を見つけて、「まちがいでなければいいけど……」とドキドキしながら呼び鈴を押した。午前三時半ごろ他人の家の呼び鈴を鳴らしてしまったら大変なことになる。

「だれ？」ドアがギイッと開き、ねぼけて不機嫌な顔のパジャマ姿のおばさんが現れ、僕は失神しそうになった。家をまちがえた！　と思ったのだ。

「マサト君いますか。僕、三組で友だちの阪野ですけど」必死になって訊くと、

「マサトはいるけど寝てるよ。こんな時間に何の用？」

よかった。マサトの家だった。けど、なんであいつ寝てるんだよ。おばさんも何も知らないみたいだし。猛然と腹を立てつつ、僕はクワガタ捕りに行く約束をしていたことを説明した。おばさんが目をしばたたかせながら戻り、マサトを起こして連れてきた。

マサトはパジャマを着たまま、「あ、阪野？　どうしたの？」

「どうしたのじゃないだろ。八幡に行くって言っただろ！」

「あ、あー。ほんとに行くんだ……」

マサトはのんびりと答えた。仕度するからちょっと待っててと言い、マサトは奥に入り、なにやらごそごそ始めた。よくお母さんから「早くしなさい」「何ぐずぐずしてる

の」と言われて「うるさいなあ」と思っていたが、今はお母さんの気持ちがよくわかる。

十分後、やっと仕度を済ませたマサトが玄関口から出てきて、トントンとズックの靴をコンクリートのたたきに打ち付けて履いた。

「何か持ってくもの、ある？　シャベルとか網とか」

「いらないから、とにかく早く行こうぜ」

返事のかわりに「ふわあーっ」とでかい欠伸《あくび》をしたマサトはのっそり歩いて家の脇においてあった自転車をひっぱってきた。

「よし、行こう！」僕は焦りに任せて自転車に飛び乗り、バランスを崩してこけそうになった。

「ははは、阪野、チャリも乗れねえのか。ノコどころじゃないな」マサトは能天気に笑った。

「おまえが寝てるからこういうことになったんだろうが……」と言い返したかったが、時間がもったいないので、そのまま黙って発進した。

今度は下り坂なので楽だ。学校の横を過ぎ、駅近くまで延びている坂をものすごいスピードで下る。いつもは車が出てきて危ないから、十字路では速度を落とすが、今はだいじょうぶ。思いっきりぶっ飛ばす。

僕の自転車はうしろのブレーキが少し油が切れているらしく、握るとキキーという耳ざわりな音を立てた。マサトの自転車は、ペダルがよじれてカバーをこすっていて、カッシャンカッシャンと鳴っている。静まり返った町に、カッシャンカッシャン、キキー、カッシャンカッシャン、キキーという音が響きわたる。

駅を百メートルくらい線路沿いに進むと陸橋だ。アーチ型のこの橋で中央線の線路を南口側から北口側へと越える。ここはなぜかヨーロッパみたいな石畳になっているので、ガタガタと振動が激しい。でも僕たち又木もんにとって、このガタガタが「町へ行く」という気分をいつも盛り上げる。八王子は北口が一方的に栄えており、デパートや本屋や洋服屋がある。僕たちはそこへ行くとき、「八王子の町に行ってくる」と親や友だちに言う。

もちろん今は「町」もシーンとしている。町は信号が多いが、車は皆無なので、赤信号も全部無視して走って行く。

あっという間に浅川が見えた。八王子の中心部を流れるこの川は、実際には多摩川の支流にすぎないが、僕たちにとってはまさに「大河」だった。中央線の線路を越えることが「第一の国境越え」だとすれば、浅川を渡るのは「第二の国境越え」だ。もう、〝隣の隣の国〟に入ったわけだ。

八幡様の入り口に到着したとき、まだ夜は明けていなかった。今まで昼間しか来たことがない。昼間は特に北口周辺が混雑していて時間がかかる。だから今日、こんなに早く着いてしまったことに驚いていた。すごく頑張ったような錯覚をおぼえた。

「阪野、どうする？」マサトがはあはあしながら訊いた。

「どうするって、こんなに暗いのに中に入れるわけないだろ。明るくなるまで待とう」

入り口に立つと、八幡の森はどこが頭か尻尾《しっぽ》かもわからない、得体の知れない雨雲のようなかたまりにしか見えず、かなり怖かった。こんなところで幽霊が出たら嫌だなと思ったが、その想像自体が幽霊を呼びそうであわてて僕は頭をふった。

「だいじょうぶ。俺たちが一番なのはまちがいないからな」僕はえらそうに答えた。そう、一番乗りは確定だ。

マサトとは一緒に遊ぶのは初めてだから話すこともない。黙ってハンドルに手をかけ、そのうえにあごをのせて、ぼんやりしていた。やがて、少しずつ東の空が明るんできた。その明るくなるスピードがのろい。さっきまでは「時間よ止まれ」と思っていたのに、今は「進め！」という気分だ。朝焼けが空を赤く染め、八幡の森がどす黒い得体の知れないかたまりから青々とした森林へと生まれ変わっていく。

「そろそろ大丈夫じゃない？」マサトが言い、僕たちは自転車にカギをかけて、森に入って行った。日中でも薄暗い森は夜明けにはいっそう暗かった。僕は念のために持って来た懐中電灯をつけた。

森の中は人ひとり分の踏み跡しかない。それも落ち葉で半分埋まっている。あまり人が来るところじゃないのだ。マサトは初めてだというし、僕も二回しか来たことがないから自信がない。電灯で照らしながら、そろそろ進む。草の露が足にかかってひゃっこい。

いきなり何かがザバザバッと飛び立ち、「うわっ！」と僕は悲鳴をあげた。黒くて大きなものはカーカーと鳴いて飛んで行った。カラスだ。

びっくりさせやがる。マサトは鈍いのか腹がすわっているのか、特に何の反応もしてない。

太い赤松の脇をとおりかかったときである。

「あっ！」僕は声をあげてしゃがみ、電灯に映し出されたものを素早く拾った。

「え、何？　クワ、いたの？」マサトが訊く。

「ううん」僕は首をふり、マサトに見せた。C球という野球のボールだ。しかも新品に近い。どうしてかわからないが、八幡の森にはときどき野球やゴルフのボールが落ちているのだ。

野球のボールを一個拾っただけで、ノコ一匹には到底及ばないが、ふつうのクワ（つまりクワガタ）一匹ほどには価値がある。

今日はついている。でもあまりついていると、肝心のノコが捕れないかもしれない。あの木のところまで〝ちょっとついている〟くらいだといいなとセコい僕は思った。

ノコの木はいちばん奥にある。歩いていくと段々明るくなり電灯はいらなくなったが、笹も増える。かさかさと靴やズボンにこすれていたのが、もう膝より高くなり、がさがさとうるさくて、ときには手でかきわけなければならない。朝露で靴も靴下もじっとり濡れてきた。

「この辺で一発蹴ってみるか」リーダーを気取っている僕が言う。僕たちのやるクワガタやカブトムシの捕り方は、本で読むものとちがう。子ども向けの本には、「木の幹にはちみつなど甘い汁を塗ってクワガタやカブトムシが来るのを待つ」とか「長い柄のついた網で高い場所にいる虫を捕る」などと書いてあるが、八王子では役に立たない技だとみんな知っていた。

僕たちのクワの捕り方は二種類。一つは、掘ること。これも本に出ていたことだが、「クヌギの木の根元を掘るといい」というのだが、ふつうの木の根元を掘ってもダメだ。朽ちた倒木や太い木の洞《ほら》をほじくり返すのだ。すると、コクワガタやときには小さめの「トンカチ」にも遭遇することがあった。トンカチとは、ノコギリクワガタの一種だが、角《つの》が小さく、まっすぐで先がおちょぼ口のようにすぼまっている。体そのものも小さく、要は「できそこないのノコ」だ。でも色はノコと同じだし、コクワガタよりはずっとかっこよかった。しかし、このほじくり返しでノコやカブトみたいな大物が出てきたなんて話は聞いたことがない。

大物を捕るためにはもう一つの方法しかない。それは木の幹を蹴飛ばすことだ。幹を蹴ると、虫がしびれて、ぽとっと落ちてくるのだ。クヌギかどうかわからないが（僕たちは目で木の種類をかなり正確に見分けていたけれど、名前は何一つ知らなかった）、クワガタやカブトが捕れる木はたった一種類しかない。幹が地割れのようにいくつも大きくひび割れた木だ。

そのひび割れ木の中でも、小さい木にはいない。大きい木のほうがいい。子どもが抱きしめて手がやっと届くくらいの太さの木で、周りの木とあまりくっついていないもの。木の根元に笹や雑草が生えていないもの。そういう木が森や林にはときどきある。そういう木は独特の存在感があるので、よくわかる。

目的は森の最深部にある、まるでご神体のような「ノコの木」一つだが、せっかくなので、手近に見える木も蹴っていくことにした。一番乗り確実なので、その辺は余裕だ。

僕はちょっと細めの木を横蹴りに蹴った。木は大きく揺れた。耳を澄ますが、ポタポタポタッという音はいずれも軽く、あきらかに朝露だった。

さすがにこれは細すぎたか。次にもっと太い木を蹴ってみる。でも、僕は力がない。幹はびくともしない。虫じゃなくてこっちの足の裏がしびれただけだ。

「阪野〜、そんなよわっちい蹴り方じゃダメだぜ〜」マサトがへらへらと笑う。ほんとにこいつは気にさわるやつだ。

「じゃ、おまえ、やってみろよ」悔し紛れに僕はもっと太い木を指差した。いかにも「いそうな木」だが、子どもの手には負えそうにないやつだ。

「おう」マサトは答えると、「おりゃ！」と無造作に右足で前に蹴っ飛ばした。

驚いた。僕の周りではカッチャンしかそんな蹴り方をできる人はいない。ちょっと小学四年とは思えないパワーだ。朝露に混じってほんの少し大きいボタッという音がした。

僕たちは走った。やっぱりまだ暗いので、もう一度電灯をつけ、しばらく地面の笹や雑草をかきわけていくと、コクワガタのメスが裏返しになって足をバタバタさせていた。

「お、見っけ！」

「え、なになに？　ノコ？」マサトが興奮した声で訊く。のんびりしているようでも、マサトもノコには真剣なのがわかる。

「いや、コクワのメス」

「なーんだ」ホッとしたようにマサトが言う。コクワガタのメスはいちばんランクが低い。かろうじてカミキリより上で、水槽にノコやカブトがいると、その引き立て役として、まあ、いないよりいたほうがいいという程度だ。

コクワガタを用意してきたビニール袋に突っ込みながら、「マサトはバカにできない」と僕は気を引き締めた。動きは早くないがなんせバカ力だ。それに本気でノコを捕ろうと思っている。虫捕りは本気のやつが絶対に勝つ。クワ捕りの仲間は、仲間であると同時にライバルだ。誰が蹴っても関係ない。見つけた者勝ちなのだ。

　僕たちはときどき木を蹴りながら進み、マサトはコクワガタのオスのけっこう大きなやつを捕まえた。こっちは野球のボールを拾っているが、クワガタ捕りとしてはこの時点でマサトの一歩リードは否めない。その証拠にやつは機嫌よさそうだ。

　ときどき、「うおおお！」という変な雄叫びをあげて一メートルくらいの枝を拾って思い切り遠くへ投げる。びゅん！　とすごい音がして向こうにある大きな木の枝にぶつかり、割れて落ちた。

「うおっ、すげえ……」

「うははは！」とマサトは大声で笑った。僕はビクッとした。怪物じみている。ヒバゴンという雪男みたいな怪物が広島の山奥にいると本で読んだことがあるけど、マサトはヒバゴンの子どもなんじゃないか。

　変なやつと来てしまったものだが、しかしノコ捕りには負けるわけにはいかない。

「あ、あれだ！」

　朝露ですでに靴も靴下もびしょぬれになって、僕たちはいちばん奥のノコの木にたどりついた。朝の光の中に一本のまっすぐな木が輝いていた。

　大きな木だ。いや、太さはそんなでもないが、すっくと立ち、すごく上まで、他の木よりも高いところまで行ってから枝葉を伸ばしている。まわりに下草はなく、他の木もまるで遠慮するかのように、少し離れて生えている。

さあ、いよいよ本番だ。勝負は一回きりである。クワでもカブトでも、一回木を蹴って落ちてこないときは、二回目にもっと強く蹴っても絶対に落ちてこない。不意打ちが重要なのだ。僕もそうだが、他の子たちもときどきしくじってちゃんと蹴りそこなうと、もうそれでアウトだ。だから、勝負は一回こっきりなのだ。

さあ、どっちが蹴るか。ノコがいる木を蹴るのはそれだけでワクワクする。それに僕の経験だと自分で蹴ったときのほうが、人が蹴ったときより捕れることが多い気がする。

「マサト、じゃんけんだ」

「よし」

じゃんけん、チッケッタ！

「勝った！」マサトがガッツポーズをとった。

マサトは今までに見たことがないくらい真剣な顔になり、一歩後ろに下がると、すごい勢いで右足をあげてひび割れた幹を蹴った。

どーんという音が響き、僕たちは中腰で耳を澄ませた。大量の朝露が落ちるバラバラッという音の中に、一つだけボタッという重い音がした。

「あれだ！」心の中で叫んで僕はその音の真ん中へ突っ込んでいった。マサトも同時に突っ込む。幹から三歩分くらいのところで、雑草が生えているし、その雑草も落下した露を受けていっせいに揺れている。腰をかがめて、青い匂いがキーンとする草をかきわけると、ノコがバタバタともがいていた。

うお、でかい！　素早くひっつかんで持ち上げた。ぐわんと大きく湾曲しギザギザした角、赤みがかった茶色がつやつやと光っている体。やった。朝三時起きで来た甲斐があった。年に一度の大物だ。

「見っけ！」

え、ほんと？　と走りよるマサトに、得意気にノコを見せ付けた。

「あ、すげえ……。でけえ……」マサトは呆然としながら目を近づけて見つめた。

ほら、どうだ。オレの勝ちだ。

次の瞬間、マサトはニコッと笑った。

「阪野、やったな！　すげえぞ、これ。よかったな！」

ほんとうに嬉《うれ》しそうな顔をしていた。

――マサトっていいやつなんだな……。

僕は二重に嬉しくなってノコとマサトを見比べた。

弟をスパルタする

朝ごはんを食べると、お父さんとお母さんは出かける仕度をした。北野のおばあちゃんちに何か用があるらしい。僕と弟のユーリンは家で留守番だ。今日は水曜日だけど学校はない。夏休みに入ったのだ。

「ユウジと仲良くするんだよ」出かける前にお母さんは念を押した。

「あんたはお兄ちゃんなんだからね。お兄ちゃんらしくするんだよ」

最近お母さんは妙にこの「お兄ちゃんらしくする」ということをしつこく言う。長谷川さんとこの真理ちゃんは妹の面倒をよくみてえらいとか、見習いなさいなんてことも言う。

僕だっていつもユーリンの面倒をみている。これ以上どうすりゃいいんだと思うけど、そんなことを言うとまた怒られそうなので、大人しく「はーい」と返事をしておいた。

両親は車に乗って出かけた。

　カッチャン軍団に入って遊ぶようになってから、日々の生活は格段に楽しくなったが、親に叱られる回数もまた格段に増えた。

　なにしろカッチャンは妥協を知らない。「やる」と言ったらとことんやる。探検に行けば目的地が見つかるまで決してやめようとしない。でも目的地はどこにあるかわからない。目的地がわかったら探検じゃないからだ。おかげで家に帰るころにはすっかり日が暮れていたりする。暗くなる前に家に帰るというルールに違反するから、叱られる。

　ちょっと危ないこともときどきやる。鉄橋復しゅう事件は極端にしても、大きなドブの上に渡された細い土管の上をバランスをとりながら歩くとか、自転車で三人乗りをするといったことはしょっちゅうだ。カッチャンは他の子がやらないことをやるのが好きだから、だいたいやりすぎる。自転車で四人乗りに挑戦したときはひっくり返って、みんな、あちこちを擦りむいた。僕はお母さんにこっぴどく怒られた。

　まあ、それはしょうがない。でも嫌になるのは、ユーリンのことで怒られるときだ。ユーリンはまだ小学一年だから、小さいし、何をするのも下手だ。それでもカッチャン軍団のいっぱしの隊員みたいな顔をして、どこでもついてくる。僕らが何か新しい遊びを思いつくと、「それ、いいね！」とぴょんぴょん跳ねてはしゃぐ。

　この前も片倉城址《じょうし》のほうに探検に行ったとき、ユドノに流れ込むドブをジャンプして渡らなければならなかった。僕らはみんな、なんとか渡ったが、ユーリンは「これ、無理だよ。僕、橋から行く」と言った。近くにはちゃんと橋があったのだ。でも橋を通ったら探検じゃない。というか、僕らの探検の気分がぶち壊しになる。

「おまえ、根性で跳べ！」と僕は怒鳴った。「スパルタだ！」

スパルタというのはよくカッチャンが使う言葉で、厳しく鍛えるという意味だ。「スパルタだ！」と言ってはカッチャンは弟のミンミンに無理なことをさせていた。カッチャンによれば、「それがミンミンのためになる」という。

僕はなんでもカッチャンと同じようにやろうとしていたから、自分の弟にもスパルタをすることにしたわけだ。

ユーリンは半泣きになってジャンプして、見事にドブに落ちた。ドブは浅かったが、なにしろ汚い。ユーリンはシャツもズボンもどろどろになり、今度は大声で泣いた。そして、うちに帰ると、僕はお母さんにめちゃくちゃ怒られた。

「お兄ちゃんなのに、どうして弟をいじめるの⁉」

いじめてなんかいない。ただのスパルタだ。しかもよせばいいのについてきたのはあいつなのだ。でもお母さんはこっちの言い分など聞かず、「はあっ」とため息をついた。

僕は半べそになった。お母さんの必殺ため息は、どんなお説教よりも効くのだ。

もう一つ、ユーリンには気に入らないことがあった。小学一年ながらなぜか仏像マニアで、京都と奈良の有名な仏像や仏画はほぼ暗記していて、漢字でも書けるのだ。十二天を帝釈天《たいしゃくてん》、火天《かてん》……と順に書いていったときには両親も驚嘆し、「この子は天才かもしれない」と言っていた。焦った僕は弟の真似をして十二天を覚えようとしたが、どれもこれもよく似ているので、いつまでたっても区別がつかない。漢字にいたっては「体釈天」と書いてユーリンに笑われた。あいつはもともと生意気なやつだが、ますます図に乗ってしまった。

よし、ここで一つ、あいつを鍛えなおしてやろう。スパルタだ。それがユーリンのためにもなるのだ。それが「お兄ちゃんらしくする」ことじゃないか。

「ユーリン、プロレスやろうぜ」

ちゃぶ台に『奈良の仏像』という写真集を広げていた弟は、えーと言って顔をしかめた。

「お兄ちゃん痛くするんだもん」

「大丈夫だよ」と僕はやさしく答えた。「痛いのはすぐ慣れる」と心の中でつぶやいた。

弟ももともとプロレスは好きだから、「ほんと？　痛くしなかったらいいよ」と言って立ち上がった。

「よし、じゃ、リングを作るぞ」

「リングを作る？」弟は怪訝《けげん》そうな顔をした。

うちは前年、お父さんの鶴の一声で家を増築した。平屋が二階建てになったうえに、六畳間で畳敷きの居間の隣に、応接間が作られた。

大きなソファセット、ガラスのテーブル、百科事典が並べられた本棚、ステレオセット、そして天井にはシャンデリアまで吊り下げられている。

「ちゃんとした家には、ちゃんとしたお客を迎えるための、ちゃんとした応接間がなければいけない」お父さんはいたってマジメな顔でそう語るのだが、うちにはお客なんてめったに来ない。たまに来ても、それは親戚や近所のおじさん、おばさんだから、応接間など、「肩が凝ってしょうがねえ」と言って、居間のちゃぶ台でくつろいでいた。

結局、ちゃんとしたお客に恵まれないまま、応接間は僕らの遊び場になっていた。ソファの上でトランポリンのように跳びはねたり、ソファの脇で相撲やプロレスをしていた。ただし、ソファが邪魔だから、場所は狭い。

でも僕はこのとき、すごくいいアイデアを思いついた。ソファを四角く並べれば、それがリングになるんじゃないかと気づいたのだ。場所は広くなるし、一石二鳥だ。僕はカッチャン軍団に入ってから、面白そうなことには鼻がきくようになっていた。

僕とユーリンは二人でえいこらさと、重いソファを動かし、その中にリングを作った。

「おー、すげえ」ユーリンと一緒に歓声をあげた。「本物のリングみたいじゃん」

いつもの応接間と全然雰囲気がちがう。僕らは二人ともやる気満々になった。ジャイアント馬場やジャンボ鶴田と同じ立場になったような錯覚をおぼえた。

「じゃ、俺、馬場」兄の特権で僕が先に決めると、

「じゃ、僕は鶴田」と弟も自分のごひいきを指名する。

「ダメだ。馬場と鶴田が敵同士で戦うわけないだろ。おまえ、ブッチャーだ」

「えー、やだ……」弟は心底イヤな顔をしていた。アブドーラ・ザ・ブッチャーは「悪役」だ。黒人で、太って腹の肉がたぷんたぷんとたるんでいて、ハゲ頭で、おでこは傷だらけだ。しかもよく凶器をズボンの中に隠しもっていて、馬場や鶴田をそれで攻撃するという、すごく卑怯なやつなのだ。

だが、そんなことに構っていられない。いつも、僕が馬場でユーリンはブッチャーなのだ。

「じゃ、いくぞ」と問答無用で水平チョップ。そしてブッチャー・ユーリンをロープにふる。「ロープ」とはソファだ。始まるとブッチャー・ユーリンは観念して、ちゃんとソファに走って行き、ぶつかってもどってくる。そこを右足を高く上げて「十六文！」とキック。

おお、すごくいい感じだぞ。僕は興奮してきた。

倒れてもユーリンはすぐ起き上がり、僕の髪をつかんで頭突き。ユーリンはだてに毎回ブッチャーをやらされていない。頭突きがうまくなったというか、頭が固くなった。

痛い。

「おい、いてえぞ。マジでやるなよ」文句を言うと、「馬場は文句言わないよ」とニヤッとする。生意気なやつだ。

ほんとに馬場はよくこんなことをやられて文句言わないなと思いながら、カワズ落としでひっくり返す。カワズ落としは床に頭を打つこともあるが、下はふかふかの絨毯《じゅうたん》だから、たいていは問題ない。ちなみに、試合中はずっと自分たちで実況をつける。

「さあ、カワズ落とし、ブッチャー後頭部を打ったぁ……。お、馬場、コーナー最上段に登った……」

喋《しゃべ》りながら僕はソファの背もたれの上に登った。ソファはロープでありコーナー最上段にもなり、ほんとうに便利だ。

僕は大袈裟に膝を立てて飛び降りた。フライング・ニー・ドロップだが、ブッチャー・ユーリンはすでに逃げている。本物のプロレスは真剣勝負だが、僕たちがやったら危険だから、そこはお約束でコーナー最上段からの攻撃はすべて〝自爆〟ということになっている。

「あー、ブッチャーかわした。馬場、自爆。自分の膝を打ったぁ！」

僕は膝をおさえて転げまわった。

馬場もブッチャーも実は技が少ない。間が持たないので、ある程度試合が進むと、場外乱闘をすることにしていた。「場外」とは隣の居間のことだ。

ほんとうの試合ではブッチャーが馬場を場外乱闘に誘うのだけど、こっちは僕がやりたいときにブッチャー・ユーリンを場外に放り出す。

そこでブッチャーの頭をつかんで鉄柱攻撃。「鉄柱」とは居間の柱だ。「背くらべ」の歌そのままに、この柱には僕たち兄弟の今までの背丈がお母さんの手で記されている。それがまるで闘いの傷あとのようで、ここで鉄柱攻撃をやるとすごく気分が出る。

僕はブッチャー・ユーリンの頭をつかんで、鉄柱に打ちつけた。いつもは『ふり』だけなのが、さっきの頭突きが強烈だったし、まあいいかと軽く「ゴン」とぶつけてみた。

「いってえ……」ブッチャーはおでこをおさえた。

「おい、ブッチャー、日本語を喋るな」僕は笑った。

ブッチャー・ユーリンはムカッときたようで、がむしゃらにつっかかってきた。足を出したら、弟は簡単に転がったが、僕も一緒に転がった。そこで弟の頭をつかんで立ち上がらせようとしたら、いきなりボールペンの尖《とが》っていないほうで、僕の頭をつついた。

「あ、こいつ……」と怒りかけると「だってブッチャーだからしょうがないじゃん」とニヤニヤしている。

ここぞとばかり、僕は強引にボールペンを取り上げ、握り締めてブッチャー・ユーリンのおでこを攻撃しようかというところで、すごくいいことを思いついた。

「おい、ちょっと待て」と言って、キャップをはずし、ユーリンの頭をヘッドロックで抱え込むと、おでこにボールペンで線を描き始めた。ブッチャーの傷を入れようと思いついたのだ。カッチャン顔負けの新しい思いつきに僕はますます興奮した。

「あ、何するんだよお」弟は怒る。

「うるせえ。おでこがギザギザじゃないとブッチャーじゃねえだろ」

嫌がる弟のおでこに青い縦線を三本入れた。手描きでぶれるので、ほんとのブッチャーの傷あとみたいだ。

「おもしれえ！」僕は調子に乗ってもっと描こうとした。

「やめてよ！　消えなくなったらどうするんだよ」

「大丈夫だよ。いいから」と僕はさらに傷を描き込もうとしたら、弟が嫌がって逃げようとする。それを無理やり押さえつけてギュッと線を引いたら「痛っ！」と弟が叫んだ。ボールペンを強く押しつけていたうえユーリンが逃げようとして頭を動かしたので、ペン先で傷ついてしまったみたいだ。うっすらと赤く血がにじんでいる。

「おー、本物のブッチャーだ……」と口走ったが、さすがにヤバイと気づいた。弟もおでこに手をやり、血がにじんでいるのに気づくと、「あ！」と顔色を変えて僕にむしゃぶりついてきた。

「おまえが無理に動いたからいけねえんだ」

僕は弟を投げ飛ばし、肘で顔を畳にぎゅうぎゅう押しつけた。

これぞ、本物の場外乱闘。本物のプロレス並みの真剣勝負だ。

三十秒くらい押しつけていたら、抵抗をやめたので手を離した。ブッチャー・ユーリンは顔をくしゃくしゃにして「うぇー」と泣き出した。おでこは青いギザギザに本物の血がにじみ、右のこめかみ辺りは押し付けられたせいで畳の模様がついていた。その格好で涙はぼろぼろ、鼻水はじゅるじゅる、Tシャツはめくれ、へそがぺろんと出ていた。

わが弟ながら壮絶な有様である。

半ば感心して「本物のブッチャーよりすげえ」と言ったが、何の慰めにもならなかったらしい。

それにまずい。このままでは間違いなくお母さんに叱られる。

「おい、その傷あとを洗おうぜ。お母さんに怒られる」

「お兄ちゃんがやったんじゃん。僕、怒られないよ」

「そんなことない。どうしてプロレスやったんだって言われるぞ。もう絶対プロレスやっちゃダメだって言われるぞ」

ユーリンはここまでやられてもやっぱりプロレスが好きだから、しぶしぶうなずいた。

弟を洗面所に連れて行き、おでこを石けんで洗った。「しみる」「いたい」というのを我慢させて垢《あか》すりタオルでごしごし擦《こす》ったが、油性ボールペンでぐりぐり描いた線は消えない。幸い、出血は少なかったので、血のあとだけは消し去った。

しかし世の中は甘くない。昼になって、お母さんが帰ってきた。

「ただいま。あれ、おまえ、それ、どうしたの？」

当たり前だが、さっそくお母さんはユーリンのおでこについた青いギザギザに気づいていた。お母さんは得意の心配性ぶりを発揮して「なに、それ？　虫？　具合わるいの？」と慌てふためいている。

虫や病気でおでこに青線が入るわけないだろうと思ったけど、とても口にはできない。

すると、ユーリンが下を向いてボソッとつぶやいた。

「ブッチャー」

「え、ブッチャー？」お母さんはキョトンとした。

「お兄ちゃんにボールペンでブッチャーにされた……」

お母さんは一瞬目を見開いたが、こっちをギロッとにらんだ。

「ヒデユキ！」

あー、まただ。

「お兄ちゃんらしくしなさいってあれほど言ったのに」とお母さんは眉間にしわをよせた。

だから、お兄ちゃんらしくスパルタをしただけなんだよと言ってもわかってもらえそうにないから、やめた。

「はあっ」お母さんの必殺ため息が飛んできた。ブッチャーの凶器攻撃より強力で、僕は一発でダウンしてしまった。

お昼ごはんにコロッケをたらふく食べてから、僕はカッチャンたちとユドノに出かけた。

怒られるようなことをしたとき、お母さんはよく「今日は遊びに行っちゃダメ！」と言うのだけど、幸い、この日は大丈夫だった。おでこにボールペンでブッチャーの傷を描くというのは、真面目なお母さんにもおかしかったらしく、あとでくすくす笑っていたからだ。

その代わり、ユーリンをおいて一人で出かけようとしたら、「連れて行ってあげなさい」と言われてしまった。どうしてお母さんはわざわざ問題が起きるように仕向けるのだろう。

僕らは釣《つ》り竿《ざお》と網を肩に担ぎ、道具箱とビクを手にぶらさげて出かけた。

夏はクワガタ捕りのシーズンであるが、魚捕りのシーズンでもある。

通称「ユドノ」こと湯殿川がその舞台だ。捕れるのはフナ、ハヤの他、ドジョウ、ダボハゼ、ウグイ、タナゴなど。たまに誰かが捨てたらしい金魚も捕れた。ザリガニもいる。いつもは川にざぶざぶ入って、網で魚を直接すくう「魚捕り」をやるが、今日はカッチャンが「たまには釣りをしようぜ」と言うので、そうなった。僕らは釣り道具もいちおう持っていた。

外はかんかん照りだった。首筋や手が日差しにじりじり焼ける音が聞こえそうなくらいだ。アブラゼミやミンミンゼミがやかましく鳴き、ときおり、暑さに頭がおかしくなったかのようにモンシロチョウの群れが乱れ飛んでいた。早足で歩くと、顔から汗が噴き出す。

「あちぃな」

ユーリンも小走りについてくる。

ときどきバッタを網で捕まえては川に放り込んだりしながら、「ボロ橋」に着いた。お父さんが子どものときからあるという本当に古くてボロい木造の橋だ。ここがいつも出発点。あるときは上流の片倉城址方面に遡《さかのぼ》り、あるときは下流の北野方面に下る。ボロ橋は魚捕りの集合ポイントだけでなく、釣りをするにもいい場所なのだ。川が最も深い。僕の胸くらいまである。

カッチャン、シゲオ、ミンミンたちは先に来ていた。みんなにユーリンのブッチャー傷を見せたらゲラゲラ笑った。

「ヒデ、それ、最高だぜ！」とカッチャンが笑いながら言った。僕はそれだけで午前中の苦労が報われたような気がした。

カッチャンはユーリンのことを「ユーリンじゃなくてブーリンだ！」と命名し、ユーリンが怒るのも無視してからかった。やっぱり、この軍団の仲間たちはわかっている。みんなで一緒にいると、どうしてこんなに楽しいんだろう。

ところがその日の釣りはうまくいかなかった。どこかの中学生らしき子たちが先に来て釣りをしていたのだ。

ボロ橋がユドノ最高の釣りポイントなので僕たちは順番を待っていた。暇なので、ボロ橋を橋げたから上までよじ登る競争などをした。僕は体力はなかったけど運動神経はいいので、このボロ橋登り競争は得意だ。動物園のサルのように、何度も何度も橋げたをするする登っては、またするする降りるということを繰り返した。もう顔からTシャツまで汗びっしょりだ。

ところがいつになっても中学生は場所を移らない。しかたなく、横で始めたら、「邪魔だ」と中学生に怒鳴られてしまった。離れたところで釣り糸を垂れるが、もともと下手だからちっともかからない。魚のいそうな水辺の草むら近くに針を投げると今度は草に針がひっかかってしまう。そのうちシゲオが「こんなとこでじっと待ってるのはバカらしい。あそこに網を突っ込めば一発だ」ともっともなことを言った。

「そうだよな」とみんな納得した。だって、すぐ目の前にあるんだから。釣りはポイントを選ばなければならないが、魚捕りは岸辺の草が生い茂ったようなところに片っ端から網を突っ込んでガサガサ揺さぶるだけだ。それでけっこう魚やザリガニが捕れる。

シゲオは実は魚捕り名人だ。シゲオは何をやっても不器用で、しかも他人のやり方を真似しないという頑固なやつだったが、それだけにときどきすごく独創的な方法を編み出していた。

やつの欠点は、自分の発見を人になかなか教えないことだった。例えば、「いっけん」という変な名前の森が僕の家の近くにある。そこにヤマタノオロチみたいな形のクヌギの木があって、ときどきコクワガタが捕れた。そこでシゲオは一人で行き、何か人とはちがった方法でクワガタをよく捕っていた。

「人のやり方は真似しない。だから人にも教えない」という信念は筋が通っていたけど、僕たちは「シゲオはケチ」とよくからかった。ただ、教えないとは言っても、そんなに複雑なことをやるわけじゃない。「いっけん」のヤマタノオロチに関しては、木の裏側の地面を掘るとなぜかそこにクワガタが潜《もぐ》っているのだった。掘り返した跡があるのですぐにわかってしまった。

不思議なことに、魚捕りのコツだけはどうしてもわからないままだ。棒を使って魚を網に誘い込むのは見ていればわかる。だが真似しても僕たちの網には魚は入ってこない。カッチャンさえもだ。

「どうやるの?」と訊いても、シゲオはいつもどおりにやにやしているだけだった。

さて、この日、シゲオの一言で僕たちは釣り竿を投げ出し、網に持ちかえた。

僕たちは石の上をぴょんぴょん跳んでいき、柄《え》を目一杯伸ばして、網を使った。できることなら靴を濡らしたくないのだ。濡らすと「泥が中に詰まっているし、生臭いにおいがする」とお母さんが言い、洗わされることになる。それがかったるいのだ。

でも、ポイントは反対側の岸だから、網がちゃんと届かない。曲芸を続けていると、つるっと足がすべってばしゃっと水の中に落ちた。

あーあ、と思うが、濡れてしまうと、ふっきれる。歩くと、靴の中に水が出入りしてぐっちゃん、ぐっちゃんと音を立て、そのたびに少しぬるくなった水が出て、冷たい水が入ってくる。川と足が直接、息をしあっているみたいだ。

「魚捕りをやってる！」という気分になってきた。誰もが同じ気持ちのようで、みんな、ぐっちゃんぐっちゃんいい出すと、川のどんな場所でもどんどん入っていく。もうズボンが濡れようが、シャツが濡れようが知ったことじゃない。なんせ暑いからキンタマまで水に浸かるとうっとりするほど気持ちいい。

川原に近い浅いところで移動しているとき、みんなで水キック合戦となる。水の中でただ足を蹴るだけで水が飛んで相手にかかるのだ。僕はさっきの続きで十六文キックでブーリンことユーリンに水をざぶざぶぶっかけた。ブーリンは顔にもろに水がかかり、うわっと叫ぶ。

つくづく「魚捕りはいいな」と思う。釣りではこんなことはできない。じっとしていないといけない。

ところがこの日はさらなる問題が勃発《ぼっぱつ》した。シゲオが「五人は多い」と言い出したのだ。たしかに魚捕りは同時に三人がふつうで、四人でも多い。ポイントは一ヶ所につき一回しか網を入れられないから、人数が増えれば増えるほど、順番待ちの時間が増える。でも、せっかくみんなで来ているのに、そんなことを言うのはわがままじゃないか。だが、シゲオは魚捕りに特別なこだわりがある。

僕はなんだか腹が立った。自分の技をメンバーに教えないし、勝手なことを言うし。

「おまえだけ他の場所に行けばいいだろ」と思わず言うと、シゲオもムッとして、「じゃあ、俺、あっち行くよ」と下流を指差した。

意外にも、「僕もシゲオと一緒に行く」とユーリンが言った。ユーリンはミソっ子だから、仲間割れしたときにはたいてい多数派につく。しかも、シゲオはユーリンよりずっと年上だし、気むずかしい。年下の子の面倒なんて絶対みない。

だから僕は驚いたのだが、ユーリンにしたら、少ない人数のほうが網をたくさん入れさせてもらえると思ったのだろう。今日は朝からさんざん僕にスパルタを受けていて、うんざりだという気持ちもあったかもしれない。

「裏切り者!」と僕はののしった。

「裏切り者でけっこうコケコッコウだ！」憎たらしい顔でユーリンは言い返した。「こっちのほうが魚がたくさん捕れるもんね」

「バカだな」と弟に言った。「シゲオは全部、自分で捕っちゃうぞ」

ユーリンは口を尖らせ、一瞬「しまった」という顔をした。振り返ると案の定、シゲオはユーリンのことなどほったらかしてどんどん歩いていくので、ユーリンは慌てて後を追って走り出した。

「バッカでえ」とミンミンが言い、僕らはどっと笑った。

あれで大丈夫かと思ったが、すぐ自分に言い聞かせた。

まあ、いい。これもスパルタだ。


僕たちはシゲオたちと反対に、三人で上流へ遡りはじめた。もうあまり喋らず、魚捕りに精を出した。フナとハヤがけっこう捕れたし、水は気持ちいい。

ものすごく巨大なアメリカザリガニが網の中に入った。水草をからませた大きなはさみをふりかざし、こっちを威嚇している。

「やった！　ザリチョ捕りぃ！」

「うわ、でけえ！」

「怪獣みたいだ」

カッチャンが自分の捕ったザリガニを無理やり僕のザリガニと戦わせる。

「またやぶけ」を通り過ぎ、ゴルフ練習場の裏の水を堰《せ》き止めているところも通り過ぎ、そのまま片倉城址まで行ってしまった。二キロ以上川を歩いたことになる。魚捕りとしては相当な距離だ。獲物も充実していた。

最高に気分がいいけど、頭の隅で「ユーリンはどうしたんだろう」という思いが消えない。こっちが楽しければ楽しいほど気になる。夕方になり、僕たちは川から上がって、ボロ橋に戻った。

自転車はそのままで、シゲオとユーリンの姿は見えない。

「あいつら、いったいどこまで行ったんだろう」僕たちは首をひねった。

シゲオとユーリンが仲良く魚を捕っているという姿は想像できなかった。頭に浮かぶのは、シゲオがゴンゴン魚を捕りながら進み、ユーリンが息をはあはあさせ、ときには水の中でぬるぬるした藻《も》にすべって転んだりしながら必死でついていく光景だ。ユーリンのおでこにはまだ青のボールペンのあとがついている。そのマヌケな顔で、でも意地っ張りな弟は泣くのをこらえて、シゲオの後を追いかけている——。

だんだん落ち着かなくなってきた。シゲオ、ふざけんなよと言いたいような気持ちだ。

日が高尾山《たかおさん》の方角に落ち、辺りは暗くなってきた。そろそろ家に帰らないとヤバイ。心配していたら、東のほうから大小、二つの影が近づいてきた。大きい影は長い網を、小さい影は短い網を同じように担いでいる。

シゲオとユーリンだった。

「どうだった？」僕が訊くと、シゲオは得意気にビクを持ち上げた。そこに魚が六匹も入っていたのはともかく、いちばん大きいウグイをさし、ユーリンが「これ、僕が捕った！」と誇らしげな顔をしたのに驚いた。

シゲオも満更でない顔つきだ。

「俺がコツを教えてやったからな」シゲオは言う。

「え、コツ？　どんなやつなの？」僕が訊くとユーリンはえへへと笑った。「秘密だよ」

「ね？」とシゲオに言うと、シゲオも「オウ」。

まったく僕のあずかり知らぬところで、二人は仲良くなっていた。僕はなんだか悔しいような、嬉しいような、変な気持ちになった。

「ユーリン、帰るぞ！」僕が強く言うと、ユーリンは「うん」と答え、二人で歩き出した。

ぐっちゃん、ぐっちゃんという水入りズックの音が虫の声にまじって響いた。

マタンキ野球場の誕生

裏の門をギーと開け、僕は学校から家に帰った。アルミでできた勝手口のドアを開けた。誰もいない。

お父さんは学校の先生だから当然いないし、お母さんも週四回くらい近所の事務所でパートの仕事をしていた。家に帰ると、誰もいないのがふつうだったから、ある意味では「鍵っ子」なのだが、なんせ玄関こそ鍵がかかっていたものの、勝手口は開けっ放しだった。誰もわざわざうちの勝手口まで開けて物を盗《と》りに来たりしないという固い信念が両親にあった。

「だからうちは『鍵っ子』じゃなくて『鍵なしっ子』だね」と僕たち家族は呑気《のんき》な会話を交わしていた。

勝手口から居間のほうにランドセルを放り投げる。靴を脱ぐのが面倒なのだ。

お母さんはいつも「ランドセルは自分の勉強部屋にちゃんと置きなさい。どうしてほんのちょっとのことを嫌がるの」と小言を言うが、ほんのちょっとのことならどっちでもいいじゃないか。鍵はかけなくて平気なくせに、ランドセルの位置とか細かいところにうるさいのだ。

そのまま、ドアを閉め、表の庭にまわる。犬のボニーがぶんぶん尻尾をふっていた。ボニーは最近うちで飼うようになった犬だ。しばらく犬に十六文キックやサイドスープレックスを見舞ったりして遊んだあと、物置からバットとグローブを持って再び裏門から飛び出した。

僕の家の立地条件はすばらしかった。裏門を開けると、そこが野球場なのだ。

正確にはかなり広い空き地だ。裏で農家を営む矢川さんの土地だ。矢川さんは空き地の横にすごく広い畑をもっていた。トウモロコシ、キャベツ、ニンジン、ジャガイモ、陸稲《おかぼ》とありとあらゆる作物を作り、牛も数頭飼っている。

言い方をかえれば、広大な矢川さんの畑の一角に空いた土地があるというわけだ。近所の人は大人も子どももその土地を自由に使っていた。僕の家も隣の家も、勝手に耕して小さい畑を作ったりしていた。春先には長谷川のおばさんも来て、真理と一緒にイチゴを作っていた。

畑以外の場所は、子どもたちの遊び場だ。僕の通っていた小学校の学区全部をまわっても、ここほど広くて自由に使えて、しかも地面が平らな場所はなかった。昔はバドミントンやドッジボールもやっていたのだが、「ここは広いから野球に使うべきだ」と誰かが言い出して、いつからか野球優先の空き地となった。

僕たちカッチャン軍団のメンツももちろん野球が大好きだったので、「シーズン」が開幕するとしょっちゅう、ここに通った。

その日はもう試合が始まっていた。ユーリンもちゃっかり参加している。

野球場は誰もが試合に参加できるという、いたってオープンなものだった。たいていが小学生だが、僕たちの通う「六小」の子とはかぎらない。又木には隣の「二小」や「七小」へ行っている子もいたから、みんなで使っていた。

いつものようにこの日もチームは二つに分かれていた。一つはカッチャンがキャプテンのチームで、もう一つは二小へ通っていて、学年はカッチャンと同じ五年生のタケちゃんがキャプテンのチームだ。

この辺で野球がいちばんうまいのはカッチャン、次がタケちゃんだから、だいたいいつもそうなる。キャプテンが決まると、その二人で「とりじゃん」をする。

「とりじゃん、チッケッタ！」と言いながらじゃんけんをし、勝った方から一人ずつ好きな仲間をとる。つまり「仲間をとるじゃんけん」の意味で、プロ野球のドラフト制度にもよく似ている。これだとチームの力が同じくらいになるので、学校でも地元でも広く採用されていた。

とりじゃんのいいところは、キャプテンが自分の好きな選手を選べることだ。その結果、カッチャン軍団のメンバーをとっていくことになる。

お父さんによるとプロ野球でも、監督の言うことを聞かないといくら実力があっても試合に出られないし、逆に監督に好かれていたらヘボでも試合に出られるという。

「そうでなければ、あんなヘボピッチャーが先発するわけがない」とお父さんはよく夕食後にテレビの野球中継を見ながら怒っている。

僕たちも同じで、キャプテンは実力だけでなく、「自分の言うことを聞くかどうか」で選手を選ぶ。実力がいくらあってもキャプテンを差し置いて「ピッチャーをやりたい」とだだをこねたり、「ファーストは嫌だ」と文句を言うやつはダメだ。実力はイマイチでも、キャプテンの意向に素直に従う者が好かれる。僕たちもプロ並みということだ。

しかし、その結果、カッチャンのチームには隊員ばかりが集まり、隊員が僕を筆頭に野球の「ヘボ」ばかりなものだから、カッチャンチームは苦戦をするのが常だった。

いつもどおり、カッチャンがピッチャー。それはいいとして、揉《も》めたのはファーストだ。いつもベースについていなければならないし、ゴロを捕ってファーストへ投げるという楽しみがない。しかも、捕りそこなうと、他のポジションよりずっと顰蹙《ひんしゅく》を買う。

他にもいろいろ理由があって、とにかくファーストはいつも人気がない。

「シゲオやれ」カッチャンは言った。

「えー、嫌だよ。俺、サードがいい。ユーリンにやらせろよ」

「ダメだ。ユーリンは下手すぎて話になんねえ」

「嫌だ。ヒデ、やれよ」シゲオはこっちを向いて言う。

「なんでおまえが俺に命令すんだよ」僕は口をとがらせた。

結局、じゃんけんをして、負けた僕がしぶしぶファーストに回った。

ベースの斜め後ろを守るのが本来だが、僕はベースからかなり離れて、構えた。

「ヒデ、ベースについてろよ。それじゃ送球が捕れねえだろ」サードからシゲオが怒鳴る。

「だって、嫌なんだよ」僕も怒鳴り返す。

「そんなもん嫌がって野球やってんのか」自分も嫌がったくせに、シゲオは意地悪い口調で言う。

「ヒデ、ベースの近くで守れ」カッチャンの無慈悲な声が飛び、シゲオとミンミンが笑った。

くっそー、どうしてこうなるんだ。

なぜベースの近くで守らないかというと、一塁ベースのすぐ後ろに農家の矢川さんが使っている肥溜《こえだ》めがあるからだ。しかも最近新鮮なブツを投入したらしく、試合前からものすごい臭気を放ち、選手間の話題となっていた。

なるべくベースから離れたい。実際にはベースより二メートルくらい後ろだからまず落ちる心配はないけど、一歩でも下がると落ちるような気がしてならない。

かつてフライを捕ろうとして見事に落ちた子が出てから、肥溜めは本当の意味で僕たちの恐怖の的となった。腰まで肥溜めに浸かったその子は泣きながら走り去り、二度とこの球場に来なくなったのだ。

う、くっせー……。

不承不承ベース寄りに立った僕だが、もともとヘボなうえ、肥溜めが気になる。カッチャンに気づかれないよう、じりじりとセカンド側に移動する。そして「忍者」になることにした。鼻で呼吸するのをやめて、口だけでパクパクと息をするのだ。こうすると臭くないという僕の〝特技〟なのだ。

そんなことをしていたらバッターが打って、シゲオの前にゴロが転がった。

シゲオは「トンネル」の名手だが、なぜかこういうときだけはちゃんと捕る。しかも珍しく鋭い球をこっちに投げてくる。ベースから離れてるし、口をパクパクさせて忍者の修行をしていたので、グローブにうまく入らず、弾いてしまった。ボールは矢川さんのキャベツ畑に転がった。

「ヒデ、何やってんだよ」カッチャンがカッカしている。

「今日は絶対勝つんだからな！」

カッチャンは自分がマンガの『侍ジャイアンツ』や『巨人の星』とかに凝っているときは、勝負を度外視して、〃大回転魔球〃や〃大リーグボール1号〃を投げることに夢中で、点なんかいくらとられても平気なくせに、今日はちがう。きっと昨日、ジャイアンツが珍しく劇的なサヨナラ勝ちをしたせいだろう。

ランナーが出た。次のバッターはセカンドフライで、ミンミンがよろけながらもなんとか捕った。

次のバッターはタケちゃん。いい当たりがサードとショートの間を抜けて、本来レフトがある位置に飛んだ。しかしこの球場には不幸なことにレフトがなく、サードとショートの後ろはすぐに桑畑になっている。誰も管理してないから、草がぼうぼうだ。

「タイム！」とシゲオが叫んだ。ボールが草むらに入ったときはタイムをかける。すると、ランナーは止まらなければいけない。止まるというのは比喩ではなく、本当に走りかけたままでピタッと止まる。ランナーのヒロシという子は一塁と二塁の間で全力疾走のポーズのまま止まった。

シゲオとミンミンがごそごそと桑畑に入っていく。だが、いっこうに出てこない。

「何やってんだよ」僕はいらいらした。ヒットだから、僕は一塁ベースについてなきゃいけないのだ。香ばしい臭いがふんわり流れてくる。僕はまた息を止め、「忍者」の修行を再開した。

　もう百を数えてもシゲオたちは出てこない。本格的にボールがなくなったのかと思い、みんなが救援に向かった。ミンミンがにやにやしながら出てきた。口が真っ赤だ。

「ほーら」ミンミンは紫色のふさを見せた。桑の実だ。夏の終わりから秋にかけてのこの時期は桑の実がなる。酸っぱいがけっこうおいしい。それに紫の汁が口について、みんな面白い顔になるから、ときどきこれで遊ぶのだけど、なんでタイムをとって桑の実を食ってるんだ。

「何やってんだ！　シゲオはどこだ⁉」カッチャンが怒鳴ると、ミンミンは「シゲオ選手はカミキリを発見しましたであります！」と急に旧日本軍調の返事をして「イッヒッヒ」と笑った。

「カミキリ⁉」カッチャンも僕も頭にきた。

　桑の木にはカミキリ虫がいる。中にはけっこう立派なやつもいて、クワガタランキングの最下位であるコクワガタより上に数えられることもある。シゲオは目の前のものにすぐに夢中になって我を忘れるけど、野球の試合中にカミキリ捕りはないだろう。

　ようやく戻ってきたとき、シゲオが得意気な笑顔でカミキリを高く掲げてきたものだから、僕はぶち切れた。

「バカ！　何やってんだよ。試合中だろ。ふざけんなよ！」

するとシゲオも真っ赤な顔で怒鳴り返した。

「何えらそうなこと言ってんだよ。おまえなんか、この前、タイムかけて、犬と遊んでたじゃねえかよ」

そういえば、ボールがセカンドのすぐ後ろにある僕の家の庭に飛び込み、僕が捕りに行ったら、犬のボニーが走ってきて「遊ぼう光線」を発しながらじゃれついてきたので、ついついちょっと一緒に遊んでしまったということがあった。しかも、ボールを投げてボニーに捕らせていたのがまずかった。

まあ、他のみんなは僕んちの庭にボールが入って僕が捕りに行くときはどうせすぐ帰ってこないと思うようになっていた。僕のうちで犬を飼いはじめて、かわいがっていることをみんな知っている。

だからその間は、ノックをしたり、地面にはいつくばってガサガサと四葉のクローバーを探して自分の幸福度を点検したり、キチキチとメカニカルな音を立てて飛ぶトノサマバッタをパッと手で捕まえたり、草笛を作ったりして気長に待っていた。

なのにランナーのシゲオだけはずっとストップモーションのままだったので「めちゃくちゃ疲れたよ」とあとでぶつくさ文句を言っていた。

僕は自分の家に入ったんだから、桑畑に入ったシゲオとはちがう。だいたい、シゲオは融通がきかなすぎる。バカ正直に五分も十分もストップしているなんてシゲオくらいだ。

「犬とカミキリを一緒にすんな」と僕は怒鳴り返した。

もうそこからはわやくちゃで、「とにかく早くタイム切れよ」とカッチャンが不機嫌ながら場を収めて、シゲオが「タイム切った！」と叫んでボールを持って桑畑から走り出て、セカンドに投げようとしたら地面にたたきつけてしまい大暴投。

ミンミンが慌ててボールを拾うと、サードベースにカッチャンが入ったので、僕が「ミンミン、サード！」と叫んだら、ミンミンはなぜかこっち、一塁に投げた。声がする方向に投げてしまったのだ。他人のことは冷静に観察するのに自分がピンチになると、すごく慌てふためくのがミンミンの特徴だ。

そして、いつも誰かに合わせてしまうのが僕で、ミンミンの焦りがすぐに伝染し、意外にちゃんと捕れそうな球だったのに、めちゃくちゃにグローブを出して、思い切り弾いた。ボールはベースの後方へ転々とした。

ヤバイ！……と思ったときは遅かった。ボールは見事に肥溜めに落っこちた。

「あーあ」と僕はため息をついた。なにしろ、子どもがもろに落ちるほどの大きさだから、一試合に一度か二度は必ず、ボールが肥溜めに落ちるのだ。それを拾うのはもちろんファースト。まさに「汚れ役」だ。

「くそタイム〜！」僕は怒鳴った。

今度はボールを探すためのタイムじゃなくて、肥溜めのボールを拾うためのタイムだ。それを「くそタイム」と呼んでいた。ウンコ臭いし、みんな、「くそっ、なんで肥溜めに落ちるんだ」と思うからだ。

恐る恐る近づいて、肥溜めの脇に置かれている歴代のファースト御用達の棒切れを拾って、得体の知れない黒いヨーグルトみたいな肥えに半分沈んだボールを引き寄せた。つづいて矢川さんの畑からキャベツの葉っぱを一枚ひきちぎり、それでボールを包んで取り上げた。矢川さんには悪いと思うが、もともとこのキャベツのせいで肥溜めがあるんだからしかたない。

キャベツにボールをくるんだまま、僕はいったん家に帰った。そして外の流しで水洗いし、臭いをとった。すると、またボニーが尻尾をぶんぶん振っているので、ちょっとボールを投げると、大喜びした。興味津々で臭いをかいでいる。

うーん、きれいに洗ったつもりだが、やっぱりウンコの臭いが残っているらしい。これが自分のボールでなく、ミンミンのだったことだけが不幸中の幸いだ。ミンミンはブーブー文句を言ったが。

こうして、カッチャン軍団は仲間割れの連発である。もともと仲のよさだけが取り柄のチームだから、結束が崩れるとヘボの寄せ集めでしかない。カッチャン一人が頑張って投げても、相手はバットをボールにあてればどこへ飛んでも全部ヒットになってしまう。めった打ちをくらった。

「今日は負けだ。試合終了！」

2対10になったところでカッチャンがわめいた。ふつうは日が暮れてボールが見えなくなる限界までやるのが習慣だ。しかるにまだ太陽は西の畑に半分くらい見えていて、僕たちも汗がだらだらと滴るほど暑い。

タケちゃんたちはバカスカ打って勝ったもんだから機嫌よく「いいよ」と返事した。僕らもうんざりしていたから、もうどうでもいいよという気持ちだった。

だが、甘かった。試合は終わっても野球は終わっていなかった。

「これから特訓だ！」とカッチャンが怒鳴ったからだ。

「千本ノックやるぞ。みんな、守備位置につけ！」

冗談じゃない。どうしてそんなことしなきゃいけないんだ。やるんだったら、あのシゲオのバカか、間抜けなミンミンか、史上最悪の下手くそユーリンにやればいい。

「ヒデ、早くしろ。おまえから行くぞ！」また怒声が聞こえた。

しかたなくだらだらとファーストに戻る。

カッチャンは自分でボールを上にあげ、全力で打った。

カキーン！

「あっ！」と全員が息を呑んだ。痛烈な打球はまったく方向ちがいのセカンドの頭上を越えて、センターに飛んだ。でも残念ながらわれらの球場にはセンターがない。そこは僕の家だからだ。

カッチャン気合いの一発は僕の家の寝室のガラスを直撃、派手な破壊音とともに、ボールは消えた。ボニーの興奮した声が庭から聞こえてくる。バカ犬め。騒動を煽《あお》り立てるようなものだ。

人の家のガラスを割ったときにはタイムでなく自動的に試合終了となる。練習のときはどうなのだろう。練習でガラスを割ったなんて前代未聞だからだ。

何か、甲高い声が聞こえるが、たぶんというか、まちがいなくお母さんの声だ。お母さんは四時過ぎにはうちに帰ってくるのだ。

カッチャン以下、軍団のメンバーみんなで、雁首そろえて、謝りに行った。人の家に謝りに行くのも嫌だが、自分んちはもっと嫌だ。しかも友だちまでが自分の親に叱られるなんて、恥ずかしさと悔しさが入り混じり、最悪としか言いようがない気分だ。しかも今シーズン、うちのガラスが割れたのは三回目である。

お母さんは勝手口の前で腰に手をあてて待っていた。

「すいません」カッチャンが神妙に頭を下げる。

「しかたないわねえ」と口調だけは静かだが、お母さんは最後に「はあっ」というため息をついた。

う、出た。お母さんの必殺ため息。

案の定、友だち連中も僕もまとめてKOされ、もう一度「すいません」と頭を下げて沈黙した。

グラウンドに戻っても、僕たち軍団のメンバーはもう口をきこうともしなかった。ここまでひどい仲間割れとうんざり感は初めてだ。それぞれ自分の道具を集めて、黙って解散した。

なんだか、もうカッチャン軍団はこれで終わってしまいそうな気すらした。


その晩である。

「こう何度もガラスを割られたらかなわないね」とお母さんは言い、「そうだな」とお父さんもうなずいた。お母さんはカッチャン兄弟やシゲオ、それにタケちゃんなど、みんなのお母さんに片っ端から電話してなにやら相談をしていた。

いつもは心配性だが、何か事があると、お母さんは野生動物のような敏捷《びんしょう》さで動く。お父さんをも動かす。ときどきそれが見当違いの結果を生むので、僕はなおさら心配になった。

もしかしてこの球場は閉鎖になるのかと恐れたが、話は反対だった。

「フェンスを作ることになったよ」とお母さんは満足そうに微笑《ほほえ》んだ。

「今度の日曜日にお父さんたちが集まって作るって」

「え、フェンス？」

それはほんとの球場みたいじゃないか。

そして驚いたことに、カッチャン軍団の親たちが中心になり、サードからセカンドにかけて高さ十メートルもあるフェンスが設置されることになったのだ。

次の日曜日、ひょろっと背が高くてカッチャンそっくりのカッチャン・ミンミン兄弟のお父さん、シゲオそっくりのキツネ顔をしたシゲオのお父さん、そして僕とは似てないが濃い眉と頑固そうな顎がユーリンによく似たうちのお父さんが一緒に、金網を長い柱にくくりつけ、器用に張り巡らせるのをみんなで半分見物し半分手伝った。

「あ、その柱はもうちょっと右！」

「いてっ！　これ、なんだよ？」

「あ、針金がズボンのお尻に引っかかってる！」

大声で指示したり悲鳴をあげたり大笑いしたり……。

それはまるでカッチャン軍団の大人版を見ているようだった。カッチャン軍団大人版はおでこにびっしょり汗をかき、重いフェンスを立てるときなどハアハア息を切らしていたが、みんな、妙に楽しそうだった。ほとんど初めて会ったのに息も合っている。うちのお父さんがリーダーみたいに振る舞っているのも初めて見た。なんだかこそばゆい感じだ。

カッチャンやシゲオのおばさんもうちのお母さんと一緒に手伝っている。ちなみに、ミンミンはお母さん似であり、僕もお母さん似だから、不思議なくらい、顔ぶれが似てくる。

ついでに余った材料で簡単なバックネットを立て、ついでに肥溜めにも板のフタを取り付けてくれた。

作業が終わると、カッチャン軍団大人版はうちでお父さんが出したビールを飲み、楽しそうにしゃべってから、それぞれの子どもたちと一緒に帰って行った。

こうして、裏の野球場は名実ともに「野球場」になってしまった。カッチャン軍団大人版が勝手にそうしてしまったのだ。矢川さんの土地なのに。

翌日の放課後、いつものようにランドセルを置いてから裏口の扉を開けた。いつものみんなが少しずつ集まりはじめている。カッチャン、ミンミン、シゲオも現れた。ぐるりと張り巡らされたフェンスとバックネットもピカピカと輝き、そこに立っていた。肥溜めのフタの板さえ鮮やかな木目が初々しい。

「今日はホームラン打つぞ」

僕はユーリンを引き連れ歩きながら、五匹くらい群れている小さなトンボをバットでぶっ叩こうとした。トンボの群れは一糸乱れぬ編隊のまま、バットをすっとかわし、フェンスの方へすいすいと飛んでいった。

幽霊とウソ

夏休みが終わり、二学期が始まった。

カッチャン軍団でも学校でも「不思議な話」が流行っていた。

僕自身は『世界の不思議』に出てくる巨大ウミヘビとかアフリカ奥地の怪獣なんかが好きだったが、残念ながらみんな遠くにいるものばかりだ。

その点、ＵＦＯ（宇宙人）や幽霊はどこにでも出現する可能性がある。

宇宙人ものでは、「ＦＢＩに捕らえられた金星人」という写真が有名だった。やせた裸の小学生みたいな金星人の手を二人の大きなアメリカ人が上からつかんでいる。

それを真似して、カッチャンと僕がユーリンを捕まえて「金星人だ！」とやった。ユーリンは両手をつかまれたまま足をばたばたさせて、「ぼく、金星人なんてイヤだよ〜」と言うが、わりと嬉しそうだ。

金星人ごっこは単なる遊びだが、ある日僕は自分のところに宇宙人が来ていることを確信した。いつも筆箱に入れて学校に持っていく消しゴムに、まるでトタン屋根の断面のような波型の切れ込みが入っているのに気づいたのだ。ふつうにナイフで切ったらこうはならない。

世界には現代の科学でも解明できない謎がたくさんある。古代に宇宙人が来て文明を残していったのだという本を読んでいたから、僕の消しゴムもそうじゃないかと考えた。

この頃僕は『世界の不思議』のほかに、シャーロック・ホームズも愛読していた。ホームズに習ったのは、「観察と理屈」である。ホームズの推理は直感ではない。よく見て、いちばん理屈に合う答えを探すというものなのだ。

だから消しゴムだけで即「宇宙人の仕業」説には飛びつかなかった。一つなら偶然ということもありうる。でも、物置にしまっておいたカラーボールにも同じ波型の切れ込みを見つけたときには興奮した。

現代の科学で説明できないものが、たまたま二つ僕のところにあるわけがない。合理的な答えはただ一つ。

「宇宙人がうちに来ている」

それしかない。

台所で夕飯を作っているお母さんにそう言ったら、菜っ葉をザルでシャッシャとゆす

ぎながら、

「そんなの誰か友だちが彫刻刀かなんかでいたずらしたんでしょ」とあっさり片付けた。

「でも、わざわざそんなことする友だちなんかいないよ」わからずやのお母さんに反論したら、

「わざわざそんなことする宇宙人なんかもっといないわよ」と鼻で笑われた。

グーの音も出ない。

「バカなこと言ってないで宿題やりなさい」

お母さんはそうきっぱり言って、菜っ葉をざくざくと切り始めた。まるで宇宙人より菜っ葉のほうが大事みたいな手際のよさでますます面白くない。

「僕もね、この前ＵＦＯを見たよ」台所のテーブルに一緒に座っていた弟のユーリンが言い出した。僕はその話をもう何度も聞いているけど、お母さんは初めてらしい。

「何かオレンジ色でぼーっと光る火の玉みたいなものがユドノの上のほうを飛んでたよ。上にすーっと上がったり、下にすーっと落ちたりして、急に消えちゃった」

「飛行機かなんかだろ？」イライラして水を差してみた。

「ちがうよ。飛行機はあんなふうに飛ばないよ。だいたい、全部が光ったりしないじゃん」

ユーリンはムキになって言い返した。

絶対星か何かを見間違えたんだ。まったくバカなやつだ。

お母さんがまた笑うだろうと思ったら、

「そういえばお母さんも火の玉、見たことがあるよ」と言い出すので驚いた。

昔、まだ山梨の実家に住んでいたとき、夕方近所の人や家族と一緒にお寺の掃除をしていたら、墓地の上に大きな赤い火の玉がゆらゆら飛んでいたのだという。

「それ、ＵＦＯじゃなくて霊じゃないの？」ユーリンが生意気なことを言った。

「そうね。あれは死んだ人の魂かもしれないね」

えー、どうしてお母さんとユーリンは不思議なものについてちゃんと話をしてるのだ。僕だけ除け者《のけもの》みたいじゃないか。

僕も何か不思議なものを見たい。意地でも見たい……。

そんなことばかり考えていた。


それから数日後、僕は夕暮れ時、学校から家の方に向かって一人で歩いていた。

いつもなら遅くても三時には家に帰るのに、こんな時間になってしまったのは、文化祭実行委員会に出ていたからだ。

不思議といえば、僕が文化祭実行委員なんてやっていること自体が、ＵＦＯの飛来より不思議なことだった。

三年生まで、僕はとにかくおとなしくて目立たない子どもだった。野球やドッジボールもそんなにうまくないし、かといって、めちゃくちゃ下手なわけでもない。学校の成績は、3と4がまだらになった感じ。通知表には担任の先生から「もう少し積極性がほしい」とか「まじめすぎる」と書かれた。クラスの友だちからも、いい意味でも悪い意味でも注目されることはなかった。

それが四年生になって変わった。理由はひとえにカッチャン軍団に参加し、妙な活動を繰り広げたせいである。またやぶけの探検もそうだけど、いちやくクラスで有名になったのは例の鉄橋復しゅう事件だ。ストのとき鉄橋を渡ろうとしてカッチャンが捕まり、僕らも先生に叱られた。それだけでも問題なのに、さらに「復しゅう」と称して、鉄橋の橋げたに穴を空けた。

僕はその話をクラスの友だちにしただけでなく、赤錆びた犬釘をわら半紙にくるんで学校に持って行き、みんなの前で机の上にゴロンと転がした。

そのときのクラスの連中の驚いた顔が忘れられない。みんな、犬釘自体見たことがなかったらしい。まるで殺人事件の凶器を見るように、目を真ん丸くして犬釘を見ていた。クラスの大多数は「町」である子安町の住人だから、なおさらだ。

以来、僕は「ちょっと変わったやつ」と思われるようになった。その後、休み時間にカッチャン軍団での数々の冒険や探検の話をしたり、作文に書いたりした。

僕の冒険や探検を大げさに言いふらすやつもいた。マサトだ。八幡様に一緒にノコを捕りに行ってから、マサトとは仲良しになっていた。

マサトは最初会ったときは無口で何を考えているのかわからないように見えたが、それは転校したてでクラスにとけ込んでなかっただけだった。今は子安の少年野球チーム「子安イーグルス」に入り、その並外れたパワーで四年生の中心的存在になっていた。どこか素朴で、ちょっとしたことにすぐ驚いたり感動したりして、しかもそれをみんなに言って回る癖があった。

マサトは僕らの冒険・探検話が大好きで、「この前、ユドノを片倉城址の向こうまで遡ってウグイを捕ったぜ」なんて話も「すっげー！」と歓声をあげ、「おい、阪野がさ、またすげえこと、やったんだぜー」とまわりの子に話して聞かせるのだった。

おかげで、僕は「ちょっと変なやつ」から「かなり変なやつ」に格上げだか格下げだかわからないが、とにかくそう思われるようになった。僕もみんなを驚かせることが楽しくなり、ますますカッチャン軍団でムチャなことをやるようになった。

だが、さすがに文化祭実行委員に選ばれたのにはびっくりした。うちの学校では十月に文化祭をやる。各クラスから男女二名が委員になり、クラスで何をやるのか、学年全体では何をやるのか、先生もまじえて集まって相談する。

勉強ができる子が選ばれる学級委員とちがうが、こちらは休み時間にクラスのリーダーとして遊びを仕切るような子が選ばれる。

正直なところ、委員を選ぶときにマサトが「阪野君がいいと思います」と推薦し、その確信に満ちた大声に他のみんなが圧倒されて、なんとなく決まってしまったのだが、それにしても驚きだ。

いちばんびっくりしたのはお母さんで、「おまえ、今度は何をしたの？」と言ったが、その口調はいつもの心配性とちがって、少し嬉しそうだった。

さて、委員会では、僕は「宇宙西遊記」という劇をやることを提案した。三蔵法師や孫悟空の一行がＵＦＯに乗って宇宙のどこかにあるガンダーラ星を目指すという、『宇宙戦艦ヤマト』と『西遊記』を足して二で割ったような話だ。

男子はだいたい「面白い」と言ってくれたが、女子には「くだらない」と不評だった。議論になったが、口では男子は女子に勝てない。特にうちのクラスの女子の委員である坂口が先生に向かって「テレビの真似はよくないと思います」と発言し、それが命取りになった。

坂口は体がでかくてガサツな女子だ。相棒の古田という子とよくコンビを組んでおり、「オトコンナズ」と呼ばれていた。なぜ、そんなあだ名がついたかというと……。

まあ、いい。あんなむかつくやつらのあだ名の説明なんか。とにかく連中は最近、僕を目の仇にしており、何かとケチをつける。そんなやつは前はいなかった。クラスで目立つと敵も出てくるのだ。

というわけで、僕は「くそっ、なんか面白くねえな」とつぶやきながら、家への道をとぼとぼ歩いていた。

雨がしょぼしょぼ降り、空は薄暗かった。車一台がやっと通れる細い道を抜けると、少し幅の広い場所に出る。ここはお父さんが子どものときには七日に一度、市《いち》が立っていたとかで「七日市場」なんて呼ばれている。

七日市場を通って京王線のガード下である「こぐり」にさしかかった。ここは寂しい場所だ。こぐりをくぐる手前に色あせた赤い前掛けをつけたお地蔵さんがある。お地蔵さんの前にはなぜか大きな木が丸太のように転がっている。もう朽ちてボロボロだ。もっとも僕たちは前にその朽ちた木をほじくりかえして、冬眠中のクワガタを見つけたことがある。それを家に持って帰ったら、物知りのお父さんは「今日は啓蟄《けいちつ》だ。虫が起きる日に虫を捕まえてきたか」と喜んだ。

道の下は佐々木鉄工所の資材置き場で、資材なのかゴミなのかわからない錆びた鉄の棒や部品が放置されていた。ここも僕たちカッチャン軍団の資材調達場だったが、一人で来ると薄気味悪い感じがする。

そしてこぐりのすぐ手前には前は美容院だった空き家があった。今でも壊れた看板がそのままで、にっこり微笑んだ女の人が微笑んだまま顔が半分に割れている。

僕がこぐりにさしかかろうとすると、前から車が走ってきた。ヘッドライトに白いぼんやりしたものが浮かんだような気がした。ちょうどこぐりの中だ。車が通り過ぎると、その白いものは消えた。僕が近寄ってみても、何もない。

あれはなんだったんだろう？　白っぽいものが浮かび上がった気がしたけど……。

こぐりは白いコンクリートでできているが、雨がしみてところどころ黒ずんでまだらになっていた。そこに車の光があたっただけかもしれない。もし、何か変なものが実際にあったとしても、ただ白っぽいものとしかいえない。

どうしよう、としばし考えた。「白っぽいもの」ではあまり面白くない。僕は、カッチャンならどうするだろうと思った。最近、僕の行動の基準はカッチャンである。

カッチャンは無理でも自分のやりたいことを押し通す。「面白ければいいんだ」と言うにちがいない。

「よし」僕は決心した。「あの白っぽいものは女の人だったんだ。白いコートを着た女の人。それが車が通り過ぎた直後、すっと消えてしまった。そういうことにしよう！」

そう自分に言い聞かせると、なんだか本当に女の人を見たような気がしてきた。ついに僕も不思議体験だ。怖いような、ワクワクするようなこの気分を誰かに伝えたい。思わず、走り出していた。

けれど、うちに帰ってもお母さんやユーリンにはその話はできなかった。宇宙人のいたずら事件でバカにされたばかりだったから、また幽霊話をしても信じてもらえないような気がしたのだ。

言ったのは学校の教室である。

僕が仲のいい友だち数人に話すと、みんなは「え、うそぉ？　こえー！」とのけぞった。僕たち又木の人間にとってはこぐりは毎日通っているところだが、子安の子どもたちにとってははちがう。あの小さくて暗いトンネルとその周辺は相当不気味に思えるのだ。僕はそれをよく知っていた。だから、まず学校の友だちに話したわけだ。

まず、仲のよいマサトに話すと、「え、あそこで？　ホントかよ！」と興奮していた。

「おい、阪野がさ、すげえもん、見たってよ！」とクラス中にふれまわった。僕が想像したとおりだ。でもみんながマサトのように素直なわけじゃない。

「あんなとこに幽霊が出るか」と言ったのは、斉藤という子安三丁目の男子だった。学級委員をやっていて、頭がいい。

「幽霊っていうのはさ、誰か恨みをもって死んだ人の霊なんだぜ。だからその人が死んだところとか、その人の家とか、そういうところに出るんだ」

「………」僕は黙った。斉藤は追い討ちをかけた。

「あそこは毎日、あんなにたくさん人が通ってるじゃん。なのに、今まで全然そんな話が出てないんだぜ。おかしいよ」

斉藤の意見はむかつくことに筋がよく通っていたから、他の連中も「そう言われればそうだよな」と首をひねり出した。僕は又木の子だし、最近は「変なやつ」になっている。犬釘とか巨大ノコとか物的証拠を持っていったりマサトみたいな証人がいればともかく、僕一人の話だけでは信憑性《しんぴょうせい》がないらしい。

「おめえさ、車のライトに影かなんか映ったのを見間違えただけじゃねえのか？」ドスのきいた声でオトコンナズの坂口が言い放った。僕はギクッとした。

「おめえはビビリだからな、なんでも幽霊に見えるんじゃねえの」坂口はとどめをさすように言い、相棒の古田が「ガハハハ」と勢いよく笑った。

「みんなが見てなくても、阪野には見えるってことはあるだろう」と純情なマサトが味方についてくれたが、それも逆効果だった。斉藤は笑い飛ばした。

「じゃあ、阪野が霊能者ってこと？　阪野、おまえ、今まで何度も幽霊を見てるのかよ？　そんな話、一回も聞いたことないけどな」

「霊なんか何度も見てるよ！」と言いたかったが、本質的にまじめで気弱な性格は直っていない。僕は口を尖らせたまま黙り込んだ。

すでに教室の雰囲気は一気に斉藤とオトコンナズの側に傾いた。そのとき、救世主が現れた。

「あたしは阪野君のことを信じるな」と長谷川真理が言ったのだ。

「あたしのおじいちゃんに聞いたんだけど、昔あそこで若い女の人が交通事故で亡くなったんだって。それであのお地蔵さんをつくったんだって」

「おお……」とクラスの連中はどよめいた。長谷川は又木の子だが、誰とも分け隔てなく接する気さくな人柄で、男子からも女子からも人気がある。僕なんかとは桁違いに信頼されている。

しかも彼女はこぐりのすぐそばに住んでいて、そのおじいちゃんが言っているというのだ。僕だって、「えーっ」とのけぞった。あの地蔵の前の木をほじくりかえしてクワガタを捕ったりしていたからだ。知っていたら、そんな祟《たた》りが起きそうなことはしない。

長谷川の強力な援護射撃で勝負はあっさり逆転、僕が勝ちをおさめた。話はあっという間にクラス中に広まったどころか、他のクラスにまで飛び火した。

「それ、ほんと？」と僕のところに直接やってくるやつもけっこういる。

人気者になったようで嬉しい。それに、何回も何回も繰り返し話しているうちに、自分がそれを見たことを確信するようになってきた。その女の人が着ていたコートの縫い目まではっきり目に浮かぶのだ。

だが中には、「阪野、ウソ言ってるんじゃねえの」と疑うやつもいる。そんなときにはギクッとした。一瞬にして、女の人がぼわっとかすむ。

「ウソじゃねえよ、ほんとだよ！」僕が気色ばむとマサトが加勢してくれる。

「そうだよ、阪野がウソ言うわけねえだろ！　阪野はそんなやつじゃねえよ」

マサトはいいやつだ。それが今はなんだか重い……。

いや、僕が何か見たのはほんとうだ。でもそれが女の人だったのかどうかになると自信がない。なにより肝心の部分が「ダメ」だった。

怖くないのだ。もし僕がほんとうにそれを見た、あるいは見てないにしても「何か感じた」のなら怖いはずだ。僕は人一倍怖がりなのだ。でも怖くない。つまりそれは、見た見ないを超えて、「ほんとうじゃない」のだ。


こぐりのところを通るのが億劫《おっくう》になった。自分がウソをついたのを毎回思い出すからだ。一人のときはこっそり遠回りして、「いっけん」の森を通って家に帰った。ところがそれを見ていた子がいたらしい。

「阪野はあの幽霊の場所が怖くて、一人のときはすごく遠回りしてるぜ」なんていう話が広まって、ますます話が本物っぽくなってしまった。

僕はその幽霊話をしてくれとせがまれても、「思い出したくないんだ」と正直に言ったが、それもまた同じ結果になった。

そうこうするうちに、わざわざ「こぐり」まで出かける連中が現れ、しかも「俺もあそこで幽霊見た」「あたしも見た」という子が続出するようになった。

ウソつけ、みんな注目を浴びたいだけだろ！　と思ったが、もちろん何も言えない。僕のせいで、あろうことか、学年中に幽霊ブームが起こってしまった。

しまいには先生が「道徳」の時間に「オバケを見たとか、そういうデマを流すのはやめなさい」と言った。

僕は「デマ」という言葉にショックを受けた。ウソよりもっと性質《たち》の悪い、犯罪じみた臭いがしたのだ。もともとまじめでウソなんか嫌いな性格だった。それだけじゃない。カッチャンならどうするかと考えて、「白いコートの女の人を見た」と無理に言い張ったが、よくよく考えると、カッチャンは同じ無理をするにしても、自分が信じていないことは言わないいし、やらない。

まわりから見れば「どうかしてる」ということでも、カッチャン本人は心の底から信じてやっている。ウソとか何かをする「ふり」はカッチャンが最も嫌うものだ。

カッチャンは僕がウソをついたと知ったら、軽蔑するだろうな……。

そう思うと、とめどもなく気がめいった。カッチャンがその頃、宇宙人に熱中していて、幽霊話にまったく関心を寄せなかったのがせめてもの救いだった。

先生の注意で、幽霊ブームは一段落ついた。幽霊話が多すぎて、みんな飽きてきたところでもあった。

僕はやっと心穏やかな気分になって、図書館に行き、『日本の伝説』を読んでいた。もともと僕はこういう伝説、民話、昔話の類《たぐ》いがすごく好きだった。化け物や怪物もよく出てくるし、なによりも物語が面白い。そして、性懲《しょうこ》りもなく、文化祭の劇で使える話はないかと物色していた。

ところが、本を読んでいるうちに、「弁天様が白い蛇になって現れ、池の中を泳いでいく」という物語を見つけて仰天した。

僕は何ヶ月か前、カッチャン軍団の仲間たちと又木弁天という神社に遊びに行った。そのとき、たまたま僕一人、みんなからちょっと遅れて歩いていたとき、神社脇の池で、真っ白い蛇が首だけ水面に出して、するするするっと社《やしろ》のほうに泳いでいき、すっと姿を消したのを目撃したのだ。

真っ白の蛇なんて初めて見た。でも蛇にはいろいろな種類があるから、変だとも思わなかった。「あー、蛇は泳ぎがうまいんだなあ」と単純に感心しただけで、わざわざカッチャン隊長に報告もしなかった。

「あれは、弁天様の化身だったのか⁉」

僕はすごいものを見てしまったのだ。興奮して、誰かに話したくなった。でも、この前、幽霊を見たとデマを流して、先生に注意されたばかりだ。それに弁天様の化身なんて、たぶんわかってもらえないだろう。

結局、学校では誰にも言わなかった。カッチャンにも言えない。幽霊話の件でどこか後ろめたかったし、カッチャンは今は超能力に凝っているから聞く耳をもたないだろう。しかたなく、お母さんに言ってみたが、「おまえも宇宙人が来たり、弁天様が来たり、人気者だねえ」と笑われただけだった。

どうしてこうなるんだ！

しかたなく、居間で『三冠王　王貞治物語』を熱心に読んでいるユーリンをつかまえ、話して聞かせた。

「あれは絶対に弁天様の化身だったんだ」僕は弟に強く言った。わかったのかどうか知らないが、ユーリンは神妙にうなずいていた。

結婚したい

文化祭がやっとこ終わった。

劇は、僕があれほどＵＦＯとか超能力とか怪獣とか、とにかく「不思議な話」をやりたいと言ったのに、最後には女子の意見で「人魚姫」になってしまった。

「上がきれいな女の子で下が魚なんだから、すごく不思議じゃないの」と言うのだが、さっぱり納得がいかない。だいたい人魚姫が人間の王子様を好きになってどうのこうのという甘ったるさが嫌だ。くだらない。

結局、僕は道具係として、ポスター用紙に海辺の景色を描くとか、人魚姫のかぶる冠を木の葉っぱで作るなんてことをしていた。つまらないのに時間ばかりかかるし、ちょっと海辺の空にアダムスキー型円盤を描いたら「そんなのダメだ！」と問題になった。

ＵＦＯは世界各地で目撃されているんだから、人魚姫のいる海に飛んでてもおかしくないと言い張ったけど聞き入れてもらえず、最初からやり直しさせられた。まったく女子というのはどうしようもない連中だ。

それもやっと終わり、久しぶりにカッチャンのところに遊びに行った。今日はユーリンはいない。哀れにも虫歯で歯医者に連れて行かれていた。今頃はひいひい泣いているだろう。

「カッチャン、遊ぼ！」と大きな声で玄関の外から呼びかけると、ガラガラと引き戸が開き、カッチャンのボサボサ頭が現れた。それを見ただけで僕はホッとした。

カッチャンは「オウ」とぶっきらぼうに挨拶すると、靴のつま先をとんとんと地面にぶつけて履き、そのまま後ろ手に戸を閉めた。

「あれ、ミンミンは？」

「母ちゃんと八王子の町に行ったよ。そろばんを買うんだってさ」

「そろばん？」

「ああ。あいつ算数が全然できないから、父ちゃんに『そろばんでもやれ！』って言われたんだ」

うーん、それもまた哀れな。でも、あのインチキ中国人みたいなミンミンがそろばんを弾く姿を想像すると、妙にしっくりきて笑ってしまった。

「シゲオは？」

「わかんねえ。まだ学校から帰ってきてねえんじゃないか」

　僕らはとりあえずシゲオを待つことにした。

「おい、ヒデ、俺さ、すげえ必殺技を考えたんだ」カッチャンがだしぬけに言った。

「え、なに？」僕はおそるおそる訊いた。必殺技とはプロレスの技だろう。カッチャンの技はただでさえ強烈で恐ろしい。しかも今はシゲオとかミンミンとか他に餌食《えじき》になるやつがいない。逃げようがない。

「これだ！」と言うと同時にカッチャンは右手をひろげて、ガシッと僕の顔をつかんだ。

「アイアンクローか」

　やられながら、僕はやっぱりなと思った。

　名前は忘れたけど、この前、馬場と戦ったガイジンのレスラーが使っていた技だ。僕もユーリンに試したことがある。すごく印象的な技だからだ。

　こめかみを指でぎゅうぎゅう締め付けられ、僕は「いててて」と悲鳴をあげたが、顔をねじったら、スポンと簡単に外れた。ユーリンと練習したので外し方もわかっていた。

　前はカッチャンのやることは予想のつかないことだらけで、驚きの連続だったが、最近ではなんとなくカッチャンの好きなこととかやりたいことが読めるようになってきた。僕自身がカッチャン化してきたのかもしれない。

「へへ、必殺技やぶれたりだ」僕はカッチャンのほうにぺろっと舌を出した。

でもカッチャンは「甘いな、ヒデ」とニヤリとした。そしてもう一度大きな右手をぎゅっと突き出して叫んだ。

「これをくらえ！」

今度カッチャンは僕の頭じゃなくてほっぺたをガシッとつかんだ。頰の上から強くつかむと、その力で僕の口はパカッと開き、えさをもらうひな鳥みたいな顔になった。

「いてて！」と絶叫したつもりだったが、口がひな鳥だから「あがが」としか言えない。顔を振って外そうとすると、カッチャンの指がますます食い込んで死にそうに痛い。

「ギブアップ、ギブアップ！」と叫んだ。ギブアップつまり「参った」と言ったら、相手は技をやめなければならない。ところが、やっぱりその声は「あがが」としかならず、カッチャンはぎゅうぎゅう締めつけながら「ほら、ヒデ、まだギブアップしねえのか。うはははは」と目をつりあげて笑う。

「悪魔だ」と僕は思った。僕がギブアップと言えないことまで計算済みなのだ。

あまりに痛くて目に涙が浮かんだとき、やっとカッチャンは手を離した。

「いってえ……」と僕が口を押さえていると、カッチャンは「実験成功」と微笑んだ。なんでもこの技の名前はマウスクロー。マウスは「口」の意味だという。口にアイアンクローをかますからだそうだ。

うーんと唸ってしまった。

考えてみれば、カッチャンが「新しい必殺技」というのだから、みんなが知っている技のわけがない。そして、アイアンクローより強烈で、相手に「参った」を言わせないとは、ほんとに恐ろしい技だ。というか、カッチャンが恐ろしい。まだまだ僕はカッチャンの足元にも及ばない。カッチャンが何を考えているか、やっぱり想像がつかない。

でも、僕も最近はカッチャンに認められてきたのかもしれない。というのは、このあとでカッチャンはマウスクローのやり方を教えてくれたからだ。これは非力な僕がやっても十分に効く。カッチャンにかけたら「あががが」と本気で痛がって長い手足をじたばたさせていた。

「うわっ、これ、痛いな！」技を外すと、カッチャンが口を押さえて言った。「シゲオが来たら、二人でやろうぜ。俺が頭にアイアンクローをかけるから、ヒデはマウスクローをかませ」

「うわっ、それはすげえな。シゲオは死ぬな」

僕は答えながら、なんて楽しいんだろうと思った。ここ何日も女子のくだらない話につき合わされてきたので解放感もひとしおだ。

それに、こうやってカッチャンと二人で新必殺技をやりあったり、次の計画を考えたりしていると、なんだか自分が軍団の中でもいちばん隊長に近くなった気がする。

だが、いつまで待ってもシゲオはやって来なかった。シゲオのうちに行ってお母さんに訊いたが、「まだ学校から帰らない。何してんのかしら?」と首をひねっていた。シゲオはとにかくマイペースなやつだ。たぶん、帰る途中で何か面白いものを見つけて、他のことを忘れているのだろう。

「どうしようか」と僕が訊くと、カッチャンは「シゲオがいないならちょうどいいか……」と意味不明なことをつぶやいた。

「ヒデ、今日は俺の極秘基地に連れてってやる」

「ゴクヒ?」

「秘密基地ってあるだろ。極秘基地はすごい秘密の基地だ。絶対に秘密の基地だ」

カッチャンはいつになく厳しい顔だった。僕は身が引き締まる思いがした。なんだかわからないが、シゲオにも見せられない、カッチャンだけの秘密基地に連れて行ってくれるというのだ。

僕らは自転車に乗って出かけた。カッチャンがぐいぐいペダルを踏む。ボサボサ頭が風になびく。僕がそれを追いかける。十月半ば、暑くも寒くもなくいちばんいい季節だ。日差しはカッカしているけど、風が気持ちいい。

着いたのは片倉城址の入り口だった。ときどき僕らはここに来て、沢でカニを捕ったり、林の中に秘密基地を作ったりしている。

カッチャンが先に立ってずんずん歩いていった。ここは「二の丸」と「本丸」という二つの広場がある。むかし城の建物があったところらしいが、今は草ぼうぼうの空き地だ。僕らの秘密基地は二の丸の横にあったが、そこでも止まらず、カッチャンはさらに進んだ。林が途切れ、ネギ畑に出たが、その畑の真ん中を横切っていく。そして今度はもっと大きな森に入った。森の中もすたすた歩く。

やっとカッチャンが止まったのは、ちょっとV字に落ち込んだ小さい谷みたいな場所だった。

「これだ」とカッチャンが指差したのは、一本の木だった。下から見上げると、背の高い熊笹が邪魔してよくわからないが、それを掻き分けてみると、横に広がった枝と枝の間に板が何枚か渡してある。

僕はドキドキした。軍団のメンバーの誰にも言わず、カッチャンがゴクヒに作った基地。ふつう、秘密基地には何か大切なものを隠しておく。ゲームとかビー玉とかお気に入りのマンガとかだ。ここにはいったい何が隠されているんだろうか。

カッチャンのあとに続いて木に登った。さすがカッチャンが選んだだけあって、この木は登りやすく、枝に渡した板もしっかりしていた。僕ら二人が楽に座れるスペースがあった。しかも下からは熊笹に隠れて見えない。

「すごいね、この基地」と言いつつ、僕は板の上に置いてある白いビニール袋が気になってしかたない。

「それ、なに？」

カッチャンはまた厳しい顔をすると、黙ってビニール袋の口をほどいた。

中から出てきたものを見て僕は仰天した。

「少女マンガ！」

『りぼん』とか『花とゆめ』とかが四冊もあった。

信じがたい。

少女マンガなんてほとんど読んだことがなかった。目がキラキラしている女の子と、髪の毛を長く伸ばして女の子と区別のつかない〝オンナオトコ〟がわさわさ出てきて、誰が好きだとかなんだとかいう、くだらないお喋りばっかりしているという印象しかなかった。

だいたいこの手のマンガをいちばんバカにしていたのは、当のカッチャンなのだ。

「いや……」カッチャンは珍しく照れくさそうな顔をした。

「この前、イトコの家に行ったとき、部屋にあったから読んでみたらさ、けっこうおもしれえんだよ」

「………」

「で、借りて来ちゃったんだ」

い。

「でもさ、みんなには絶対言えないじゃん？　だから極秘基地を作って隠したんだ」

びっくりして言葉が出なかった。あのカッチャンが少女マンガに夢中になるとは。でも、そのためにわざわざこんな極秘基地まで作ってしまうのはやっぱりカッチャンらしい。

それに、他の誰にも言えないこんな秘密を僕だけに教えてくれたのは嬉しい。

カッチャンと並んで樹上の基地に腰を下ろし、マンガを読みはじめた。

——ほんとだ、おもしろいぞ……。

少年マンガとあまりにちがうので最初は戸惑ったけど、その世界に慣れていくと、「くだらない」と思っていた部分が意外におもしろい。連載のは前の号を読んでないと話がわかりにくいけど、短篇の読み切りはいい。中でも『結婚しようよ』という題名のマンガにすごく惹きつけられた。

目がキラキラした女の子となよなよした男が出てくるのは同じだ。

主人公は二十歳くらいの女の子。相手の男はだらしないやつで、いろんな女の子と仲良くする。そして、いちばん身近にいる仲良しの幼馴染《おさななじみ》の主人公のことをからかったり、冗談を言ってばかりいる。主人公の女の子はよくそれで怒っている。

ある日、主人公は別の男に「好きだ」と言われる。かっこいい男で、彼女はすごく迷う。「彼に相談したい」と思う。そこにちょうどダメ男が遊びに来る。酒に酔っ払ってべろべろで、最高にダメだ。

部屋でぶっ倒れたダメ男の体を引き起こして、彼女が「ちょっと大丈夫？」と訊く。すると、ダメ男が言う。「ねえ、俺と結婚してくれない？」

「バカ！」と言って彼女は頬をひっぱたくと、ダメ男はへらへらしながら、よろよろと帰っていく。次の日、二人は別の場所で会う。

「あんた、昨日は最悪だったよ。もう、べろべろに酔っ払って……」と彼女は不機嫌な顔で言う。するとダメ男は困ったような顔でポツリと言う。

「だって、あんな真剣なこと、酔わないと言えないもん……」

「え？」

そして二人は見つめあい、顔を近づけ……。

という、このシーンになぜか男の僕がすっかり参ってしまった。

これ、いいなあ！

何度も繰り返してそのページを見ていて、ふと気づくと、カッチャンがにやにやとこっちを見ていた。

「そのマンガ、いいだろ？」

僕は赤くなって「ああ」とうなずいた。

「俺も好きなんだ、それ。あーあ、俺も結婚してえな」

「俺も」僕は答えた。

カッチャンは頭の後ろに手を組んで、木の枝によっかかりながら空を見上げた。僕も空を見た。ゴーッとはるか上空を飛行機が飛んでいき、青い空に白い線を描いていた。

僕らはこのときものすごい秘密を共有していた。

帰るとき、カッチャンは僕の目をじっと見て言った。

「ヒデ、この極秘基地のこと絶対話すなよ。話したら、マウスクローで殺すぞ」

僕は目を見返してうなずいた。


まったく厄介なことになった。

極秘基地に行ってからというもの、頭の中に「結婚」の二文字がちらついてならないのだ。

それまでも女子の中で「この子はいいなあ」「かわいいなあ」という子はいたが、具体的にそういう子と何をしたいというものもなく、想像もふくらまなかった。

今はある。「結婚」だ。

誰と結婚しようかと僕はクラスの女子を物色しはじめた。

目的をもって見ると、女子もちがって見える。女子は一年生や二年生のときはおとなしくても、三年生、四年生になると、やたら気が強くなる。「バカ」とか「てめえ」とか平気で言う。体も女子は大きくなる。

文化祭の劇の相談でもそうだったが、男子の言うことなどまったく聞かない。連中は口も達者だから、言い合いになっても絶対にかなわない。なによりも「あたしは正しい。あんたはまちがってる」という決めつけが許せない。

「結婚したい」と言いたい子より、「こいつとは結婚したくない」ときっぱり思うやつばかりだ。

その筆頭が「オトコンナズ」と呼ばれている二人だ。子安町二丁目に住んでいる坂口と古田。オトコンナとはオトコオンナを早口で言うとそうなる。それに「ズ」をつけたのは僕だ。

マジメな英語の先生である僕のお父さんはピンクレディーのことを「あれは二人だから複数形のズをつけなければおかしい」と主張し、いつも「ピンクレディーズ」と言っていた。僕は「面倒くさいな」と家では思っていたが、学校に行くとえらそうに「二人はズをつけるんだ」と説明し、二丁目に住んでいる気性の荒い女子二人にそういうあだ名をつけたのだ。

二人とも男だか女だかわからない連中だったが、坂口のほうが恐ろしかった。女子は男子を「君づけ」で呼ぶのに、坂口だけは「阪野、おめえなあ！」と怒鳴った。彼女は背も高くてちょっと太っていて僕などすぐに撥ね飛ばされてしまう。素手でも敵わないのに、こいつは竹の箒《ほうき》でぶん殴る。

殴られた僕たちが「うわーっ！」と叫んで逃げると、「待てえ、この野郎！」と怒鳴って、どこまでも追いかけてくる。それを相棒の古田が「ガハハハ！」とでかい口をあけ、がに股で走ってついてくる。

古田は背はそんなに高くないが、髪は男子みたいに短くて、肌は日に焼けた男子より黒く、なんだか南の島の男の子みたいだった。古田は坂口ほど腕力はなかったが、運動神経抜群で、よく男子と一緒に遊んだ。

遊ぶというか競争だ。鉄棒をぐるんと回って遠くへ飛ぶ「コウモリ」という遊びでは、クラスの男子全員を負かして、「あんたたち、だらしないねえ。ガハハハ」と豪快に笑っていた。

僕はもともとこいつらに恐れをなしていたが、僕が幽霊を見たと話したとき、坂口に「車のライトに影かなんか映ったのを見間違えただけじゃねえのか？」「おめえはビビリだからな」と図星を突かれて以来、心底苦手になった。

いっぽう、古田は休み時間に男子がやるドッジボールに女子一人で参加し、そのたびに僕にボールを当てた。

古田はボールを持つと他の子を狙うふりをする。だが投げる直前にこっちを向きボールを投げてくる。毎回同じパターンなので、古田がまたこっちを狙っているとわかっているのに、なぜか蛇に睨まれた蛙のように追い詰められて、しかもボールが速いからよけることも捕ることもできず、むざむざと当てられてしまう。すると、古田は「またひっかかった！　ガハハハ」と笑う。女子のカモになっているのは男子の屈辱だ。

ああいう坂口とか古田みたいなオトコンナズは論外である。

やっぱり僕は女の子らしい女の子がいい。結婚するなら誰だってそう思う。

まず候補にあがったのは、僕のクラス四年三組いちばんの美人として、先生や親からも認められている米沢《よねざわ》恭子《きようこ》だ。なんでも、お姉さんは雑誌のモデルをやっているとお母さんが言っていた。頭に白いリボンをつけた米沢が音楽の時間、先生に指名されてピアノを弾くときなんか、そのピンと伸びた背筋とスッとした横顔にくらくらしそうになる。

だが、彼女の欠点はみんなの憧れであることだ。運動も勉強もできて女子に人気のある斉藤とできているという噂《うわさ》があったし、少年野球で四番を打っている怪力のマサトも「俺、実は米沢が好きだ」と顔を赤くして言っていた。あいつらと戦うなんて無理だ。

それに、と僕は思った。「派手な美人は結婚するには向いてない」なんて話を親戚のおじさんに聞いたこともあるし、僕の直感としても、「いつも米沢と一緒にいるのは疲れそうだ」と思った。だって、たまに近くになっただけで緊張するのだ。

やっぱり結婚するなら多少地味なほうがいい。みんなの注目を集めるほどではないが、でも十分かわいい、そして気さくな子。

と考えると、浮かぶのは一人だけ。

長谷川真理。

あの子しかいない。

米沢恭子ほどの美人じゃないけど、目鼻立ちがくっきりして、笑窪《えくぼ》がかわいい。勉強もけっこうできて、放送委員でも美化委員でもなんでもしっかりとやるし、天真爛漫《らんまん》で、又木の子なのに、クラス中の女子と男子の両方から好かれている。

実をいうと、つい最近まで長谷川のことなど、どうとも思ってなかった。なにしろ、家はすぐ近所だし、幼稚園からずっと一緒だったのだ。

もちろん、うちの両親も長谷川のうちをよく知っている。お母さんによれば、長谷川のお母さんは九州の博多の出身で、長谷川の明るい性格やはっきりした目や眉はきっと九州女性のものだろうという。

彼女がいいと思うようになったのは、四年生になって三つ編みをやめて大人っぽくなったのと、二学期から二人して美化委員になって話す機会が増えたことと、もう一つは幽霊話のときに「昔あそこで若い女の人が交通事故で亡くなった」と言ってくれたことだ。長谷川はただおじいさんに聞いた話をしゃべっただけかもしれないが、僕には「味方してくれた」という気がしてならない。

よし、やっぱり長谷川だ。

僕は長谷川と結婚することにした。


結婚相手は無事決まったが、それ以上することは何もない。休み時間や体育の時間にちらちらと姿を眺めては、彼女との結婚生活を想像してみる。家庭だ。だが僕の知っている家庭は自分のうちしかない。

僕と長谷川の間に二人の男の子がいる四人家族。家はもちろん又木にある。……とそれを考えただけで、体中がくすぐったくなって、顔が赤くなる。「俺、バカじゃねえか」と思う。

想像はそれ以上まったくふくらまないけど、それだけで毎日が幸せというか、新しいグローブを買ってもらったときみたいな気持ちになる。

美化委員の仕事は多くない。五年生と六年生はウサギ小屋の掃除をしたりするので大変だが、四年生はそんなこともない。

水道のところに「水を大切に使いましょう」という張り紙をするとか、掃除の当番表を作るくらいだ。それもクラスのみんなと話し合い、そのとき司会をつとめるだけだから、別に二人が仲良くなる機会はない。

唯一、その役割を利用して彼女と二人で親しく話ができるのは、学年全体の美化委員会のときである。隣に座れるし、クラスの代表という仲間意識もある。

だが、悲しいかな、長谷川は「天然」だ。言うことがときどき天真爛漫すぎておかしいだけで、他の女子みたいに、男子と鉛筆でつっきっこしたり冗談を言いあったりしない。学級会でもひたすら熱心にノートを取りながら発言していて、僕のことなんか全然、気にしていない。

「どうしようもない……」と僕は思った。

あるとき、美化委員会で「省エネを徹底させよう」ということになった。教室や廊下の電気をなるべく消そうというだけだ。会議はすぐに終わった。みんな、さっさと自分の教室に帰っていった。

そんななか、長谷川だけが丁寧に今日の議題をノートにまとめているので、しかたなく僕も待っていた。終わると、二人で、並んで廊下に出た。他の生徒はもう下校したらしく、誰もいない。

そのとき、「阪野君」と長谷川が振り向いた。じっと僕の顔を見る。

「あのね、将来、ずっと将来のことだけど……」

僕はドキッとした。彼女の顔がまじめだ。

「え、将来って、何?」まさか、まさか……。

「将来、ずっと将来、私たちの子どもか孫の時代かもしれないけど、石油がなくなっちゃうんだって。ガソリンも電気もなくなっちゃうかもしれないんだって。本で読んだのよ。知ってた？」

「はあ？」

将来ってそれかよ。僕は相撲でどんと当たりに行ったところを、引き落としにあって、土俵にぺったり這いつくばったような気分だった。何を期待していたのかと顔が赤くなった。

「知らねえよ、そんな先のことは。俺は自分の時代のことで精一杯だよ」

動揺を隠そうとぶっきらぼうに答えると、長谷川は眉をひそめた。

「阪野君、自分さえよければいいって考えはよくないよ」

いや、そういうつもりじゃないんだけど……。

長谷川は清く正しすぎる。うちのお母さんみたいだ。これじゃ先が思いやられる。というより、先なんてものがあるんだろうか。

このように長谷川との恋愛は困難をきわめた。

学校を離れて彼女と結婚することを想像するのがいちばん楽しい。その次は遠くからちらちらと顔を見ながら。なぜか、一緒にいるときがいちばん想像が難しい。彼女に近づけば近づくほど、「結婚」が遠ざかるような気がする。現実感がなくなる。

一緒に美化委員会に出ても、帰りに肩を並べて歩いていても、相手はまじめで、僕は妙な後ろめたさと妙な期待感で緊張しているから、疲れてしまう。別れるとホッとするくらいだ。

できればこのまま何も起きないでほしい、とすら僕は願ったのだが。


驚天動地の事件が起きたのは、極秘基地へ行ってから二週間くらいたったときだった。

放課後、僕はランドセルを背負ったまま、クラスの友だちと鉄棒やジャングルジムがあるあたりで遊んでいた。カラーボールが落ちていて、それを拾って、「これ、誰のだ？」と言ううちに、ぶつけて遊びだした。

不意に、坂口と古田のオトコンナズが現れた。

「それ、あたしのよ！　返しなさいよ！」と古田がガーガーとアヒルのようにわめく。

「イヤだね！」男子はこういうシチュエーションが大好きだ。ボールを回す。古田がそれを「こら、返せ！」と追いかける。

やがて、からかうのにも飽きたのだろう、斉藤が「じゃあ、かわいそうだから返してやるか」と古田にボールを投げた。

古田は歯をむき出してニカッと笑った。

「ありがと！　やっぱり斉藤君は優しいね」

おおお！　と僕たち男子はどよめいた。斉藤と古田というカップルは珍妙で笑えた。だいたい、オトコンナの古田がこんな女の子っぽいことを言うだけで、ギャグにしか思えず、たまらなくおかしい。

みんなでゲラゲラ笑っていると、「おー、古田、斉藤のこと好きなわけ？」とマサトがつっこんだ。

からかわれて古田が怒って、相棒の坂口と一緒にまた暴れまくるかと思いきや、意外にも彼女は「えへへへ」と笑って楽しそうだ。

古田はランドセルのまま、「おりゃ！」と気合いをかけて鉄棒につかまり、逆上がりをした。スカートでなく半ズボンだからそんなことをやってしまうのだが、ふつうでも逆上がりができない男子は何人もいるのに、ランドセルのままやってしまう古田はやっぱりすごい。

鉄棒に乗ったまま、古田は「えへへ、あたし、斉藤君なんか好きじゃないよ」と言った。

「じゃ、誰だよ？」

「うーんとね、この中にいる人」

「え、誰だよ？」

「うんとね、赤い帽子をかぶった人！」

おー、誰だ！　と男子全員がぐるぐる回転して、みんなを見渡した。僕もだ。で、えー！　とたまげた。赤い帽子をかぶっていたのはその場では広島カープの帽子をかぶっている僕一人だけではないか。

「えー、阪野かよ、うそー⁉」みんな、こっちを向いて大騒ぎ。

「告白じゃん！」

え、うそー⁉　と言いたいのはこっちだ。みんなが僕の手をつかんで古田のほうへひっぱろうとするので、意味もなく、帽子を片手で押さえたまま逃げ惑う。

古田はそれをいつものように豪快に「ガハハハ！」と笑い飛ばし、また「おりゃ！」と叫ぶと、ランドセルのまま鉄棒にかじりついて、コウモリ一発。砂場から飛び出しそうなくらいすごいジャンプだった。

そのまま、ガハハ、ガハハと笑いながら、坂口と一緒に去って行ってしまった。

みんなの前で告白するのも極めて異例だが、直後にランドセルをしょったままコウモリをかますというのはさらに異例。ていうか、そんなの見たことも聞いたこともない。

僕も、男の友だちも、彼女のあまりの破天荒さに呆然としてしまった。

翌日、学校へ行くと、オトコンナズはいつものように男子たちをいたぶっていて、男子の友だちも僕をからかったりもしなかった。

まるで昨日の一件がなかったように振る舞っている。あいかわらず坂口は僕に罵詈雑《ばりぞう》言《ごん》を浴びせ、古田は僕にボールを当てる。僕は古田にボールを当てられるとき、前とはちがった意味で体が動かなくなり、ただただ当てられてしまう。

古田の笑い方も前のように「ガハハハ」だけでなく、ちょっと「うふふ」も混ざっているような気がする。いや、ガハハハにうふふが混ざるわけないのだが、そんなふうに思ってしまうのだ。

あれは何だったんだろう。古田の告白はほんとに告白だったのだろうか。それともただの冗談？　いや、冗談にしては冗談になっていなかったし……。

よくよく見れば、古田はけっこうかわいい顔をしていた。話し方や行動ががさつだから、誰一人気づいていないが、何かにじっと集中しているときの横顔はきりっとして、魅力的だ。特に音楽の時間、一心にリコーダーを吹いているときとか……。

嫌でしょうがなかった古田のことをぐるぐると考えてしまうのはなぜだろう。これこそ、不思議な現象ではないか。何かの呪いにとりつかれたかのようだ。

いっぽう、長谷川のこともちろんまだ好きで、いつの間にか、「長谷川と古田のどっちと結婚しようか」などと考えている自分がいて、思わず「てへへ」と頬が緩んでしまった。

「ヒデ、何にやにやしてんだよ！」カッチャンの大声にハッとした。

僕らはまた、シゲオやミンミン、ユーリンに隠れて極秘基地で極秘の読書にいそしんでいた。

「いや、別に……」

「おまえ、何かいいこと考えてただろ？　すんげえ嬉しそうだったぞ。……あ、わかった！　誰か結婚したい子がいるんだろ‼」

おそるべきカッチャンの勘。僕がうろたえていると、大きな手のひらがギュッと伸びて、頬をガシッとつかまれた。マウスクローだ。

「あがが！」

「言え、誰が結婚相手なのか言え！」

「あががが！」

こればかりはカッチャンにも言えない。文字通りマウスクローで口が裂けても言えない。カッチャンは血走った目で「これでもかあ！」と叫び、僕はじたばたと暴れ、木はゆっさゆっさと揺れた。

樹上でおそるべき闘いが繰り広げられていたが、なにしろ極秘の基地である。聞いているのはポッポー、ポッポーと鳴くヤマバトくらいなのだった。

サルになりたい

いつものように朝六時半に起こされた。しぶしぶセーターを着て外に出る。十一月の早朝はかなり寒い。僕は手の甲にはあっと息をかけて、こすった。

でもボニーは元気だ。外で寝ているから相当寒いはずなのに、僕の姿を見ると、「わーいわーい!」というように跳びはねる。「わかった、わかった」と言いながら首に綱をつける。

のちにシェルティーと呼ばれるようになるこの犬種は日本に入ってきたばかりだという話で、まだ僕の学区内には一匹もいなかった。近所の人たちは、この犬を珍しがり、「これ、なんていう犬? コリーの子ども?」などと訊くから、そのつど「シェットランドシープドッグといってコリーを小さくした犬です」と説明しなければならなかった。

小一のユーリンがそう答えると、質問した大人が「あら、ぼく、小さいのにしっかりしているのねえ」とほめてくれるので弟は気をよくしていたが、僕がそう言っても誰もほめてくれないし、いい加減うんざりしていたので、最近はなるべく人気《ひとけ》の少ないほうに散歩に行くことにしていた。

家の門から南側へ出た。北野街道を渡り、田んぼを通ってユドノのほうに歩いていく。僕が小学生になったばかりの頃、田んぼの一角がつぶされて土で埋められ、広い空き地になった。そこで僕はお父さんに自転車の乗り方を教えてもらった。そのあと空き地はゴルフの打ちっぱなし練習場になった。たしか経営者は長谷川の親戚で「たびや」という屋号の家だという。

練習場はコンクリートの土台の上に緑の人工芝が敷き詰められ、やはり緑の網で囲われている。なぜ緑で統一されているのだろうといつもと同じことを考えながらその脇を通り、田んぼに出た。

ボニーを綱から放した。田んぼは稲刈りが終わり、水も流れていない。稲の白っ茶けた切り株だけが、規則的に残っている。もの悲しい景色だ。

――あー、もう秋も終わりだな……。

冬が近づいている。憂鬱《ゆううつ》になる。

長い野球のシーズンが終わった。誰が決めたわけでもないのに、マタンキ野球場での野球は四月から十月くらいまでということになっていた。プロ野球のシーズンに合わせているのだ。他のいろいろなもののシーズンも終わっていた。魚捕りは寒くてもう川に入れない。クワガタやカブトムシも冬眠だ。

冬になると、僕たちの遊びも屋内が多くなっていく。毎日家の中で億万長者ゲームや野球盤をしたりマンガを読んだりも楽しいが、毎日それでは飽きる。ときどきは外で遊びたい。外での遊びは銀玉鉄砲打ちや缶けり、独楽《こま》回しなど各種あったが、どれも毎日は続かない。夏のように野球という軸があれば他の遊びも生きるんだけど。

そんなことを思いながら稲の切り株を靴でへしゃ、へしゃとつぶしながら伝っていった。ボニーはゴルフ場の近くでなにやらふんふん匂いをかいでいる。コンクリートの土台に他の犬のおしっこの匂いがするんだろう。

しばらくボニーを放置して歩いていたが、そろそろ帰ろうと思い、ボニーのところまで行った。すると、ゴルフ場の土台となっているコンクリートの下、ボニーがしつこく鼻を突っ込んでいる草むらに白くて丸いものを発見した。

ゴルフボールだ。網の隙間か何かから外に転がり出てきたものと見える。

手に取ってしげしげと眺めた。遠くからよく眺めていたが、手にするのは初めてだ。固くてすべすべしている。

「おー、こういうものなのか！」僕はいたく感銘を受けた。僕たちはその頃、ゴルフマンガに夢中になっていたからだ。

『少年サンデー』に連載されている藤子不二雄の『プロゴルファー猿』。どこか山深い田舎に住む「サル」というあだ名の野生児みたいな少年が、生活をかけた賭けゴルフでのし上がっていくという破天荒な物語だ。

他にも好きなマンガはいくつもあったが、僕たちカッチャン軍団のメンバーはことのほかこの「サル」にハマッた。「ゴルフは金持ちの大人のやるもの」と思っていただけに、山猿みたいな少年が手作りのクラブで大人やエリートのライバルたちをやっつける話が痛快だったのだ。

僕は家のすぐそばにあるゴルフ練習場にはまったく関心がなかった。サルは険しい山の中に自分のコースを持っており、ふつうの芝生のゴルフ場を「あんなもん、箱庭や！」と（なぜか関西弁で）ボロクソにけなしていた。だから僕たちも本物のゴルフコースを知らないくせに「箱庭」と思い込んでいたし、ましてや練習場なんて「箱庭の箱庭」と思い切り見下していた。

「いつかサルになりてえ」とよくみんなで言い合っていたが、具体的にサルになる方法がわからないままだった。『巨人の星』なら野球だから〝大リーグボール1号〟も真似できるが、サルになるとゴルフだからとっかかりがないのだ。

もしかすると、このボールがとっかかりになるかもしれない。

手で上に放ってはキャッチしていると、はしゃいだボニーがジャンプしてパクッとボールをくわえて、走り出した。

「こら、ダメだ！　このバカ犬！」僕は本気で怒って追いかけた。バカ犬は僕が怒れば怒るほど喜んで逃げ、僕たちは枯れた田んぼをぐるぐると走り回った。


放課後、僕はゴルフボールをジャンパーのポケットに入れ、ユーリンを連れて、カッチャンちに向かった。とにかく隊長であるカッチャンに見せなければいけない。

自転車をかっ飛ばして、駄菓子屋「せんべや」の前を通り、通学路から砂利道の路地に入る。路地の行き止まりがカッチャンちだ。

門の前で後輪だけ急ブレーキをかけ、ザザザーと派手な音を立てて後輪を横にすべらせる。今すごい人気のスーパーカーマンガ『サーキットの狼』に出てくる〝四輪ドリフト〟の真似だ。

ヒマワリみたいな髪型で背の高い隊長のカッチャン、その弟で怪しい中国人のような顔つきのミンミン、変わり者のキツネみたいな顔のシゲオ、そして目をくりくりさせたチビのユーリンと、全員集合した。

「ほら」と僕はゴルフボールを見せた。みんな、ゴルフボールを手にしたのは初めてだからちょっと興奮していた。「これでサルになれる」という思いが胸を熱くしていた。

「おい、貸せ！」ボールを僕の手からひったくると、カッチャンは耳をバタバタ動かして叫んだ。

「ムキー、ムキー！」

これはマンガの「サル」が興奮したときに発する声で、もうカッチャンはすっかりサルになりきっているのだ。

カッチャンちの庭には大きな木が何本か生えているので、バットくらいの長さの枝もそこかしこに落ちている。それで最初はボールをひっぱたいたが、棒の先ではボールはうまく転がらない。

カッチャンは「肥後守《ひごのかみ》」をズボンのポケットから取り出した。鉄でできた薄い折りたたみナイフだ。カッチャンはお父さんに使い方を教えてもらっていた。僕たちもカッチャンにならって、みんな、肥後守を携えていた。

カッチャンは棒の先をナイフで削った。「たいらにすれば、ボールがまっすぐ転がるだろう」と言う。先を削ってヘラみたいにした棒で打つとたしかにボールがすっと転がった。

「おー！」「やっぱ、カッチャンだな」と僕たちは興奮して順番に打った。

でも、ボールの転がりは弱々しい。しばらく考えていると、またカッチャンが「そうだ！」と言って、走って行った。物置のほうでしばらくがさがさやっていて、角材を一本とノコギリを持って帰ってきた。カッチャンは花壇の石の上に角材をのせて僕にもう一方の端を押さえさせ、ギコギコ切りはじめた。

真四角よりやや横に長い木切れができた。カッチャンはトンカチと釘でその木切れをさきほどの棒の先に打ちつけた。「これでもっと早く飛ぶはずだ」と言う。

カッチャンが打つと、カツンという甲高い音が響き、ボールは勢いよく転がった。「すげえ、すげえ」みんなは騒いだ。僕も打ってみた。角材をつけたせいで、棒の先が重くなりボールに強く当たるのだ。

繰り返しているうち、僕は「あ！」と思った。

「これ、パターじゃないの⁉」

「あ、そうだ、パターだ、パターだ！」興奮しやすいシゲオが叫んだ。

「俺たち、発明しちゃったよ、発明だよ」大人びた言葉を使いたがるミンミンが言う。

すると、カッチャンが笑い出した。

「発明じゃねえよ。だって、パターなんだから」

僕たちはドッと笑った。「そうだよ、パターは前からあるんだから」

パターを発明したという言い方が妙におかしくて、みんなでしばらくゲラゲラ笑った。

「でもさ、俺たちがパターを自分で作ったのはたしかだろ。それ、サルみたいじゃん」

シゲオが真剣な顔で言う。自作のクラブでゴルフをする。いつの間にか、憧れの「サル」の世界に入っていた。

「ほんとだ、サルだ」

「おい、みんなでパター作ってゴルフやろうぜ」

「やろう、やろう！」

みんなで気勢をあげた。最近、学校の連中は、子安町の少年野球にどんどん夢中になっていた。あっちの野球は秋でも冬でも練習がある。「来年の春の大会に向けて頑張ろう！」なんて言って、マサトや斉藤たちは練習に励んでいた。

僕らは完全に仲間はずれで、正直くさっていた。だからこそ思ったのだ。

「俺たちにはゴルフがある！」と。


こうしてカッチャン軍団で、空前のゴルフブームが始まった。

まずはコースを作ろうということになった。

カッチャンちの庭は広い。花壇や小さい畑があちこちにあり、片手で持てるくらいの石を並べて、通路と区切っている。

母屋から物置小屋まで畑に両側をはさまれた通路がちょっとゴルフコースっぽい。物置の前の少し広いスペースを「グリーン」と考え、真ん中にスコップで穴を掘って、手で固めた。その穴が最後にボールを入れる「カップ」だ。

母屋の前をティーショットの位置にした。もちろん、パターだけだからティーなんか使わない。ただそこから打ちはじめるだけだ。

最初はなかなかまっすぐにボールが転がらなかった。コース両脇の石に当たり、不規則に跳ね返ってしまう。

もっともそれも悪くなかった。下手に当たると手前に戻ってきてしまうが、運がいいとちょうどうまい具合にグリーンへ進むからだ。

野球のように純粋に実力勝負ならカッチャンに誰も敵わないし、うまい下手がはっきりするが、運の良し悪しになると、カッチャンからユーリンまでほぼ条件は同じだ。ここがゴルフ、というより「カッチャンゴルフ場」のいいところだった。

コースができたので、次は道具だ。

手製のパターを各自が作り出した。僕も自分の家にある角材とノコギリで自分のパターを作った。他の仲間とちがいを出すために、何か特別なことをしたくて、クラブの柄も角材を使ってみた。重さが増すので、ボールはよく飛ぶ。得意気にそれを持っていったら、「かっこわりい」とみんなにバカにされて、ガックリした。飛べばいいってもんじゃないのだ。

パターを進化させたのは、またしてもカッチャンだった。パターのフェイス（ボールに当たる面）の真ん中に短い釘を三本打った。クラブの柄である棒にその釘は届いていない。ただ角材に入っているだけだ。

「なに、それ？　意味ないじゃん」

「バカ、わかんねえのか。こうやって打つと音がちがうんだ」

カッチャンが打つと、ボールが釘に当たっていつもの木のコツンという音でなく、カツィーンというなんともいえず気持ちのいい、抜けるような音が出た。

「スウィートスポットだ」カッチャンはにやりとした。

「すっげー!!」僕は感心を通り越して呆然とした。

「スウィートスポットって何？」まだサルもゴルフもよくわからないユーリンが訊いた。

こういうときは兄の僕が説明することになる。

「パターはな、フェイスのいちばんいいところに当たると特別な音がするんだよ。そこに当たるとボールがいちばんちゃんと転がるんだよ。それをスウィートスポットっていうんだ。カッチャンはそれを作ったんだ」

もちろん全て「サル」に書いてあった知識だ。

「へえ、すごいんだ」ユーリンはたぶんわかってないだろうが、感心したように強くうなずいた。

たちまち、みんなはスウィートスポット作りを始めた。

軍団が始まったころはカッチャンがなんでも命令して僕らが忠実に従うという形だったが、最近ではちがう。カッチャンが新しいことをすると、僕らはすぐにそれを思い思いの感覚でアレンジする。

将棋でいえば、前は「王」のカッチャンが全員「歩」の僕らを駒として操っていた。今ではカッチャンの「王」こそ変わらないが、僕とシゲオが「飛車」「角」、ミンミンが「銀」、ユーリンが「香車」くらいになり、それぞれが全体を見ながら独自の動き方をするようになった。

カッチャンなくしてこの軍団はないが、僕らなくしてカッチャンもない。そんな関係になってきたのだ。

僕はカッチャンの真似をしつつ、釘を一本増やして、ダイヤモンド形に配置した。ミンミンはカッチャンをそっくり真似したつもりが、角材の真ん中から大きくズレていて、打つとボールがまっすぐ転がらなくなった。「バカだな」「バカパターだ」とみんなで笑った。

急にシゲオが「俺、すごくいいことを思いついた」と言って家に帰った。シゲオの家はカッチャンちの隣だ。なにやらカン、カンという激しいトンカチの音がする。

十分くらいで帰ってきたシゲオは「ほら、これなら絶対にどこに当たってもスウィートスポットだ!」とパターを見せた。

フェイスに端から端まで釘をガンガン打ちつけてある。要は全部釘に埋め尽くされているのだ。

「バカ、一ヶ所だけだから意味があるんだ」とカッチャンは言って、僕も「ミンミンよりひどいな。大バカパターだ」

シゲオお得意の暴走にみんなはギャハギャハ笑った。シゲオは照れ笑いをしたが、意地っ張りなのでしばらくその大バカパターを使いつづけた。

コースも改良された。最初は同じコースばかりやっていたが、当然飽きる。やがて、他の場所からてきとうに打ってみたが、カッチャンが「そんなのはゴルフじゃない。子どもの遊びだ」と言い放った。「ゴルフはコースがちゃんと決まってるんだ」

じゃあ、どうするかと考え、まず、葉の落ちた紫陽花の植わっている脇にもう一つグリーンとカップを作った。二番ホールの誕生だ。その先は早い。コースを作ること自体がおもしろいからだ。

あーだ、こーだと議論しながら、カッチャンちの庭をなるべく有効に利用して、九ホールが作られた。

各ホールはパーも定められた。パーとはそのコースで費やす標準の打数だ。例えばパー4のホールでは四回打ってカップに入れたら「パー」、五回だったら一回標準より多いから「ボギー」、一打少ない三回なら「バーディ」、二回なら二打も少ない「イーグル」と呼ばれる。

スコア（成績）は、カッチャンちの玄関前の敷石にチョークで書くことにした。ゼロからスタートし、オーバーしたらプラス1、バーディならマイナス1と足したり引いたりしていく。本物のゴルフと同じだ。

計算係は最近、そろばんを始めて暗算が得意になったミンミン。でもよく間違えて、「ご破算でねがいまして」とつぶやきながら、書いたり消したりを繰り返した。インチキ中国人というよりインチキ中国商人のようだ。


「カッチャンゴルフ場」は運がものを言う世界だったが、それでもだんだんコースの特徴がわかってきた。「あの石のあの部分にぶつけるとホールインワンになる」というコースもあった。そのためには狙いどおり、まっすぐボールを転がすコントロールがいる。上達したのはカッチャンとミンミンだった。二人はゴルフ場に住んでいるから、いくらでも練習できるのだ。

カッチャンはともかく、ミンミンに抜かれるのは悔しい。

「ずるいぞー」と文句を言ったら、ミンミンは「ゴルフ場のオーナーですからね、しかたありませんな、イッヒッヒ」と怪しい高笑いをした。

ちくしょうと思い、僕も弟のユーリンと自分のうちの庭にコースを作って練習しようとしたが、うまくいかない。僕たちの家の庭は、狭いのはさておくとして、土の地面がいくらもないのだ。家屋の正面は芝生で車庫はコンクリート、その他の部分は砂利である。

　本来ゴルフのグリーンは芝生だからうってつけなはずだが、雑草まじりで伸び放題の芝生の上ではボールがちっとも転がらない。

「ちぇ、やっぱりベント芝でなきゃダメなんだよ」僕は「サル」の知識を総動員させて弟に言った。

「なに、ベント芝って？」

「芝にはベント芝と高麗《こうらい》芝があるんだ。こういう普通のうちにあるのは高麗芝。硬くてダメなんだ。ゴルフ場にあるのはベント芝っていうもっと柔らかい芝なんだ」

「へえ、そうなんだ」難しい顔をして弟はうなずいた。

　さすがの僕もこれは芝の種類の問題じゃなくて手入れの問題だとわかっていたけれど、お父さんに「芝を短く刈り込んでほしい」とは言えなかった。芝刈り機は高そうだ。コースの改良が難しいなら、道具だ。せめて本物のパターがあればいいのにと思った。木はどうしても軽い。それでボールを打ってもよく転がらないのだ。鉄のパターかアイアンのクラブがあればいいのだが。

　一度思うとどうしても頭から離れない。うちでご飯を食べながらよく「ゴルフのクラブがほしい」と口走っていたが、「なに言ってんだ」と親はとりあわなかった。

　ところが何でも言ってみるものだ。隣町の北野にある伯父さんの家に行ったとき、お母さんが「うちの子は最近ゴルフに夢中なんですよ。自分でクラブなんか作って……」と話したら伯父さんは「そうか、そりゃ、えらいな！」といたく感激した。

実は伯父さんは大のゴルフ好きだったのだ。まさか僕たちがマンガの影響でゴルフをやっているとは思わず、「まだ子どもなのにゴルフに情熱を燃やす立派な小学生」と勘違いしていた。

「でも、木のパターだとボールがうまく転がらなくて……」と言うと、

「よし、おまえたちにクラブを一本ずつやろう。こっちにおいで」と伯父さんは言った。

「え、いいですいいです……だいたいマンガの影響だし……」とお母さんは慌てて言ったが、伯父さんはもう立ち上がって部屋を出て行くところだった。僕も弟も「こんなチャンスを逃すか！」とサル顔負けの素早さで立ち上がって、あとを追いかけた。

伯父さんの物置にはびっくりするくらいたくさんのクラブがあった。伯父さんは古い七番アイアンと三番アイアンを僕たちにくれた。

本物のクラブはさすがに感動ものだった。木の枝とちがってゴムの握りがしっくりと手になじむし、ヘッドは重く、ぶれにくい。

お母さんにはあとで小言をいわれたが、それだけの価値はあった。

クラブは僕たち二人にくれたもので、どっちが僕のもの、どっちが弟のものというのはなかったが、とりあえず、僕は七番を使うことにした。七番は短い距離を打つための

アイアンで、柄が若干短い。つまり子どもにも扱いやすい。

「よし、俺が七番を使うからおまえは三番を使え」

「え、ほんと？　やったあ！」

僕よりもっと小さいユーリンが、長い三番を使うという理不尽なことになったが、理不尽な目にあうことに慣れている弟はクラブを一緒にもらえたことで十分満足していた。あるいは「三番」のほうが「七番」よりえらいと思ったのかもしれない。

僕とユーリンがアイアンを手にしてカッチャンちに乗り込んだ瞬間、あれほど熱心だった手作りパターの時代は幕を閉じた。カッチャン・ミンミン兄弟もシゲオも、親戚だかお父さんの友だちだかに古いクラブをもらってきた。まるで産業革命のように本物クラブの時代が到来したのだ。

カッチャンは五番アイアン、ミンミンは九番アイアン、シゲオはなぜかドライバー。面白いことに、みんなちがうクラブになった。

本物のクラブを使うことでボールのコントロールは格段に上がったうえ、シゲオ以外はみんなフェイスに角度のついたアイアンだ。軽く打っても多少はボールが浮く。以前はボールの前にちょっと雑草や砂利があるだけで弾かれてしまったが、今はうまく飛び越すことができる。特殊なテクニックが磨かれていった。

やっているうちに、不満が出てきた。これだけでは「冒険策」と「安全策」の選択ができないのだ。

マンガではよく、「L」の字や「コ」の字のコースが登場する。「安全策」ではコースなりに行くのだが、林や池を直接越えるという作戦がある。「林越え」「池越え」というやつで、成功すればバーディやイーグルすら狙えるが、失敗すればOB（コースから外れた場所。ここにボールが飛ぶと一打罰を加えてやり直す）。これが「冒険策」だ。

主人公のサルはもちろん、いつも冒険策をとる。無謀と思われる一発で大逆転する。そこがシビれるのだ。

僕たちもやっぱり冒険策をとりたい。Lの字のコースで（小さな）畑や（小さな）池を越えたい。でも、それには一メートルか二メートルは球を浮かせる必要があって、僕たちの力ではとても難しかった。強く打てば浮くが、そうするととんでもない方向に飛んでいくのだ。たいていは別の畑か花壇にぶち込むのがオチだった。

「どうしたらいいのかなあ」みんなで手を休めて相談していると、カッチャンが突然言った。

「ブーブーだ！」

「ブーブー？」みんなは怪訝そうな顔をした。

ブーブーは手作りパターの時代、コースを回り終わったあとによくやっていた「遊び」だ。先がヘラのようになった棒でボールをしゃくりあげて上に高く飛ばすというものだ。

初めはただボールを飛ばしていたが、そのうち掛け声をかけるようになった。カッチャンは「おりゃ！」と叫んだ。ミンミンは仮面ライダーの真似で「とりゃ！」とアレンジして叫び、僕は「ジュワッチ！」と「ジュワッ！」とウルトラセブンの変身シーンの掛け声、ユーリンも真似して「シュワッチ！」とウルトラマンの掛け声にした。そして、シゲオ。まじめな顔でなぜか「ブーブー！」と叫んだ。

「ブーブー!?」「何それ？」僕たちは地面に転がってひいひい言って笑った。

「ちがうんだよ、ほんとはブンブンって言おうとしたんだ」と顔を真っ赤にして言い訳をするシゲオなのだが、「ブンブンもわかんねえよ」とまた笑いを呼んだ。さんざん笑ったあと、棒でボールを上に飛ばすことを「ブーブー」と呼ぶようになった。

例えば、ゴルフが終わったあとで、グリーンの上でブーブーをやってなるべく高く飛ばしてから、カップに入ったら勝ちとかいう遊びをやった。

一人ずつ、「ブーブー！」と叫びながらボールを飛ばすのだ。しかし、それはあくまで「遊び」であり、ゴルフではない。「ゴルフは遊びじゃねえんだ」がカッチャンの口癖だった。

そのカッチャンが「ブーブーをやろう」と言う。

「え、いいの？」と僕はつい言った。

「いいんだよ。ゴルフのためだ」とカッチャンはわかったようなわからないようなことを言う。

「ブーブーをどう使うの？」とシゲオが訊く。

「ブーブーを使うんじゃなくて、ブーブーのやり方をやるんだ」カッチャンの言い方は難しい。だが、実際には簡単なことだった。

ボールをクラブのフェイスに当てて、ブーブーの要領で上にクイッと持ち上げるだけだ。すると、面白いようにボールが浮く。打つ前からクラブがボールに触れているのはゴルフでは反則だ。みな、それくらいは知っていたが、僕たちの世界では「面白いのが勝ち」と決まっていたので、ゴルフのルールは呆気《あっけ》なく敗れ、ブーブーが僕たちの正式ルールに採用された。

ブーブーの採用でゴルフは断然面白くなった。コントロールがうまくいけば、バーディやイーグルはおろか、アルバトロス（パーより三打少ない）も可能になったりする。パー5で、ティーショットからグリーンに一発で届く、いわゆる「ワンオン」が可能なホールなど本物のゴルフ場にはまずないが、カッチャンゴルフ場ではΩの形のコースがあるから可能なのだ。というか、アルバトロスを出すためにわざわざそういうコースを作ったのだ。僕たちはゴルフを面白くするためには時間も手間も惜しまなかった。

大逆転もあれば大失敗もありで、勝ち負けにこだわる僕たちはいつも、「安全策か、冒険策か」とサルとそのライバルのように考え、悩んだ。それがまた面白かった。

ところが、ブーブーの導入で一人だけ損をしたやつがいた。もともとのブーブーの名付け親であるシゲオだ。彼のクラブはドライバー。角度は十度くらいしかついていない。しかもアイアンならたとえ角度の少ない三番あたりでもクラブを寝かせればいくらでも角度が出るのに、もっこりしたドライバーはそれもできない。しかたなく、ブーブーが必要なときシゲオは僕たちからクラブを借りた。

でも、毎回「ブーブーやるから貸して」と頼まれるのは面倒くさい。僕の七番は使いやすいので特にシゲオに「貸して」と言われることが多い。

あるとき、勝負が佳境に入った最終の九番ホールでシゲオがまた「ブーブーやるから貸して」と言ってきた。「またかよ」と僕は思わず言ってしまった。シゲオと僕は5アンダーで首位のカッチャンに一打差で並んでいた。カッチャンに勝てるとは思わなかったが、同じ年のシゲオには負けたくない。なのに、どうして俺がこいつのブーブーの手伝いをしなきゃいけないんだ？

「しょうがないだろ。ドライバーじゃ無理だし」

「ドライバーだってできるんじゃないの。おまえ、ぶきっちょだからできないだけじゃねえの」

言った瞬間「しまった！」という言葉があるが、それがまさにそうだった。

シゲオはカッと顔を赤くして、「いいよ、俺、ドライバーで打ってやるよ」と言った。シゲオは意地っ張りだから、いったん言い出すときかない。カッチャン以下、僕たちにも緊張が走り、みんな黙り込んだ。そんな雰囲気も無視してカラスやスズメが呑気に鳴いているのが聞こえた。もう夕方なのだ。

シゲオはドライバーをボールにそえた。ドライバーはとにかく長い。シゲオはグリップでなく銀色のシャフトを握っていた。黒いグリップが上に長く突き出ている。

どう見ても無理だ。「やっぱり貸すよ」と言いたかったが、言えない。

みんなが固唾《かたず》を呑んで見守るなか、シゲオは「ブーブー！」とわめいてクラブを振った。ボールは力なく畑の真ん中にポトリと落ちた。

「なんで、ブーブーなんて言うんだよ」バカだな、シゲオ。また夢中になって我を忘れている。すごくおかしいんだけど、本人が怖いくらい真剣だから笑うに笑えない。だいたい、今のOBでシゲオは優勝争いから完全に脱落だ。シゲオはムッとしたまま、畑に入ってボールを拾ってから、もう一度もとの場所に戻った。

まだブーブーをやるつもりだ。もうやめてよ、頼むから……。僕は泣きたいような気持ちだった。カッチャンが「シゲオ、もうブーブーは無理だよ。俺のクラブ使えよ」と静かにさとした。でもシゲオは「いらない。これでやる」と地面から顔もあげない。

そして、もう一度。今度は大きく体を捻《ひね》ってさっきよりも大声でわめいた。

「ブーブー！」

球は見事に浮いた。浮いたというより飛んだ。ドライバーであんなブーブーができるのか⁉　シゲオすげえ！　と、思ったのは一瞬のことだ。次の瞬間、球はブロック塀を越え、隣家の窓を直撃した。

ガシャ、ガシャ、ガシャン！

ガラスが割れる大音響。

「うわっ！」「やべえ！」僕たちは叫んでクラブを握り締めたまま、カッチャンちの門から走って外に逃げた。砂利道を五十メートルも走ってやっと立ち止まった。

はあはあと息をする。小さいユーリンは遅れて、やっとみんなに追いついた。

ゴルフを始めてからずいぶんたつけど、こんな大惨事は初めてだった。野球で窓ガラスを割ったことは数知れなかったが、そちらはまあ、大人たちも「子どもの野球だから……」とそれほど目くじらを立てない。でもゴルフで割ったとなれば、「ふざけんな！」と言われそうだ。

「どうしよう？」「やばいよ」シゲオも僕も他の二人もそう言って、背の高いカッチャンの顔を見上げた。カッチャンももともと色白の顔がもっと白くなっていたが、歯をぎゅっと噛んで口を開いた。

「しょうがねえな。みんなで謝りに行こうぜ」

「……うん」僕たちは黙ってうなずいた。

最初から一つしかない結論にたどりつき、僕たちはクラブを抱えてぞろぞろと隣家に出向いた。もう隣家のおばさんが入り口に出て待っていた。

「あんたたち、何やってんのよ。うちのガラス、三枚も割れちまったよ」

「え？」僕たちは顔を見合わせた。シゲオが割ったのは窓ガラス一枚のはずだ。どうして、三枚なんだ？　そういえば、音が妙にすごかったけど……。

混乱したまま、おばさんの家の中に入ってたまげた。シゲオのボールは窓ガラスを割り、浴室の入り口のガラスを割り、しまいには浴室と脱衣所の仕切りのガラスを割っていた。おそるべし、シゲオのドライバー・ブーブー。

「すいません。弁償します」カッチャンは代表して言い、僕たちも「すいませんでした！　これから気をつけます」と声をそろえた。

カッチャンゴルフ場に戻ったとき、僕たちはしゃがみこんでふーっとため息をついた。どんよりした空気が重い。ガラスを割ったことより、隣家からの抗議によってカッチャンゴルフ場が今後存続できるかどうかわからなかったからだ。マタンキ野球場みたいに大人の手でフェンスを作ってもらえるなんて「奇跡」はもう二度と起こらないだろう。

何か言わなきゃと思った。本当の責任は自分にあるのだし……。そのときカッチャンが「でもさ、シゲオのあのブーブーすごかったなあ」と言った。

「そっか？」シゲオは顔をあげ、ちょっとだけ微笑んだ。

「いや、ほんと、すげえよ。ドライバーでブーブーできるやついないぜ」僕はすかさず同調した。

「そうだよね。だってさ、ガラス三枚も割っちゃうんだもん。ふつうじゃないよ」ユーリンが目を丸くして言った。きわどい発言だったが、ユーリンの無邪気さにみんなが笑った。

「あーあ、言っちゃった。あたしゃ知らないよ」ミンミンがおどけた。「でも、どうしてシゲオってさ、ブーブーやるとき、『ブーブー！』って言うんだよ？」

その瞬間、みんなの頭に、大声でブーブー！　とわめいてドライバーを振り回したシゲオの姿が浮かんだ。

「頭の中でさ、ブーブーだ、ブーブーだって自分に言ってたら口に出ちゃったんだ」シゲオは照れくさそうに頭をかいた。そしてまた神妙な口調で言った。

「でも、もうここでゴルフできないかもな……」

沈黙が流れた。

「しょうがねえよ」カッチャンが立ち上がってきっぱり言った。「シゲオは冒険策をとったんだ。冒険策っていうのはそういうもんだ」

冒険策か。そう、サルだって、ときには思い切ってやった冒険が失敗していた。失敗があるから冒険なのだ。僕たちはみんな、立ち上がった。

本当はカッチャンちの庭の片隅でゴルフをやって隣家のガラス窓を割っただけなのだが、何かすごい冒険をしたような気分で、僕たちはオレンジ色の空を眺めてこっくりとうなずいたのだった。

ボニーの失踪

「ヒデユキ、ユウジ、もう出かけるよ」お母さんの声がした。

「はーい」と答えて、僕たちは玄関へ駆けていった。

今日は十二月三十日。うちでは「餅つきの日」と言われている。

毎年、この日、隣町の北野にあるおばあちゃんの家に親族全員が集まり、いっせいに餅をつくのが慣わしなのだ。

庭に出ると、犬のボニーが「おっ、みんな来た、来た！」という顔で、尻尾をぶんぶん振りながら飛んできた。

シェットランドシープドッグのボニーが家に来てから各段に生活は楽しくなった。

ボニーは体重は十五キロくらいだったが、体は頑丈で力も強かった。

好奇心も旺盛だ。ちょっとでも動くものにはなんでも反応する。うちの縁側の下にうずくまっているヒキガエルや水槽から脱走した亀にワンワン吠える。一度など、物置の裏に隠れていたアオダイショウを発見して吠え掛かったはいいが、逆にヘビに咬《か》まれて、鼻から血を流しながら、「へっへっへ」と照れくさそうに舌を出していたこともある。

猫にも強い関心を示した。それで「競馬ごっこ」をよくやった。

うちの裏は野球場なわけだが、ちょうどバックネットの向こうに貴志川《きしかわ》さんという家がある。軒下によく、飼われているのか野良かわからないが、猫が二、三匹、のんびりくつろいでいた。それが気に食わないらしく、遠くから目ざとく見つけるとウォンウォン吠える。すると、僕たちは「おっ、競馬だ!」と喜び、すっ飛んで行く。

裏門の格子に鼻を突っ込むようにいれこんでいるボニーの姿は、スタート直前、ゲートに入ったサラブレッドそっくりだ。僕たちは競馬のスタート時に鳴らされるラッパの音を真似する。「パカラパカラパカラパカラパッパカラッパパー……」

そして、パッと門を開け、弟のユーリンと二人で「各馬いっせいにスタート」とアナウンサーの妙に冷静な口調を真似する。

各馬いやボニーは猛烈な勢いで飛び出し、広場を一直線に横切って、のんびりくつろいでいる猫たちに突っ込んでいく。

フギャー! ウォン! ドカドカズッシャーン! 犬と猫が貴志川さんちの木の壁に激突し、土埃がぶわっと舞い上がり、もう阿鼻叫喚《あびきょうかん》の騒ぎとなって、めちゃくちゃ面白い。

たいていボニーは猫たちの逆襲にあい、顔にひっかき傷をつけて、やっぱり「へっへっへ」と照れくさそうに舌を出して帰ってくる。その情けない顔がまた面白いのだが、「猫と貴志川さんに迷惑だからやめなさい！」とお母さんには不評だった。

僕ら兄弟はよくボニーを「スパルタ」に連れて行った。カッチャンはその腕力で、僕らにマウスクローや4の字固めをくらわしては「スパルタだ！」と言った。鍛えてやるということで、スパルタはやられたほうが感謝しなければならないものだった。

僕もならって、よくユーリンに耳そぎチョップを食らわしたり、電気あんまをかけたりしてスパルタに励んだ。

今度はユーリンが誰かにスパルタをやりたくなる番で、かっこうの相手が新入りのボニーなのだった。

僕ら兄弟は犬の散歩のときよく「犬車」をして遊んだ。自転車に二人乗りをしてはボニーの引き綱を自転車にひっかけて引かせるのだ。ユーリンが木の棒でピシピシ叩くとボニーは実によく走った。

まだ暖かかった頃は、ボニーをユドノに連れて行った。

「犬だから泳げ！」と命じて嫌がるボニーを二人がかりで抱きかかえ、川の中にどぼんと放り込んだら、犬は最初は焦ってもがいていたが、やがて必死に水をかいて、なんとか岸にたどりついた。

「おーい、あれが本物の犬かきだ！」僕とユーリンは興奮して、何度も何度もボニーを川に放り込み、三人みんな、ずぶぬれになってやっぱりお母さんにひどく叱られたなんてこともあった。


まあ、そんな感じでボニーがいると何かと盛り上がる。

「ねえ、今日、ボニーを連れて行っちゃダメかな？」僕はお母さんに訊いた。

ボニーは人に慣れているし、散歩のときも半分以上は綱を放して歩いているぐらいだから、別に問題ないはずだけど、お母さんは心配性だ。特に、他人に迷惑がかかるのをひどくおそれる。

「よしなよ、ボニーが落ちた餅を拾い食いして喉につまらせたりしたら、おばあちゃんも困るよ」

いつもながらどうしてお母さんはそんなに余計な心配をするんだろう。

「だいじょうぶだよ、僕がちゃんと見てるから」

僕はお母さんを説得して、へっへっへと舌を出してはしゃぐ犬を車の後ろの座席に押し込んだ。

お父さんの実家は「おばあちゃんち」とも「本家」とも呼ばれる。要するに「阪野家」なのだが、先祖代々、お父さん曰く「北野で百姓をやっていた」らしい。お父さんは八人兄弟の七番目だ。

お父さんの兄弟つまりおじさん、おばさん、それに他の親戚はすべて北野に住んでいる。どの家にも歩いて五分で行けてしまう。だから、歩いて十五分、自転車で七、八分かかる僕の家だけ「ポツンと離れている」という印象があった。

北野の駅前は、僕が小学一年のころは一面田んぼで、「どうしてこんな田んぼの真ん中に駅を作ったんだろ？」と不思議に思うくらいだったが、田畑は年々減っていき、小学四年のこの年にはもう宅地のほうが多くなっていた。

古い農家も残り少なくなっていた。おばあちゃんちはその一つで、よく刈り込まれた垣根に囲まれた、わら葺《ぶき》屋根の大きな家だった。

僕らが到着したとき、庭にはすでに人がたくさん集まっていた。

お父さんの兄弟やその子どもたちはもちろん、おばあちゃんや、僕が生まれる前に亡くなったおじいちゃんの兄弟やその子どもや孫とか、関係もよくわからない遠い親戚や近所の人まで集まり、たいへんな盛況ぶりだ。

特別に結束が固い一族なわけじゃない。僕の家族もみんなで訪れるのはこの餅つき日のほかは、正月とお盆くらいだ。

正直なところ、餅つき機があるのがおばあちゃんちだけだったのだ。僕が幼稚園のときはみんなで集まって、臼《うす》と杵《きね》でついていたらしいが、小学校に上がった年に餅つき機が導入され、みんなでいっせいに機械で餅をつくようになったという。

この日におばあちゃんちに行かないと正月の餅がないわけだ。それだけにふだんは会わない親戚がぞろぞろ来て、二十人、三十人という人が餅つきにえっさえっさと精を出すのはお祭のような賑《にぎ》やかさがあった。

ボニーもはしゃいで跳びはね、親戚の人たちも多くはボニーを見るのが初めてなので、「あれ、こりゃーえれえ立派な犬だべ」「どこの犬かね?」「みっちゃんとこの犬だってさ」などと言って、なでまわす。

おばあちゃんは腰がかくっと曲がり、もともとどういう顔をしていたかわからないほどシワだらけで、本当に「おばあさん」という感じの人だ。いつも縁側に正座してにこにこと僕らを見ている。

お父さんの親戚が集まると、言葉が八王子弁というのか北野弁というのか、ともかく訛《なま》りが強くて、毎回驚かされる。

「そろそろやろう」は「そろそろやるべえよ」だし、「もう帰った」は「もうけえった」となる。まるで、どこか遠くの田舎に来たみたいだ。

いちばん驚くのがお父さんの変わりようだ。ふだんはみんなから「阪野先生」と呼ばれているのに、ここに来ると「みっちゃん」になる。みっちゃんと呼ばれると、お父さん本人も何かスイッチが入ってしまうらしい。

日頃、正確で丁寧な標準語しか話さず、お母さんや他の大人には自分のことを「わたし」とか「僕」と言うお父さんが「俺んとこも今年は多めに餅がほしいんだ。早く仕事やるべえよ」などと言う。まるで別人のようだ。

僕とユーリンも「やるべえ」「やるべえ」と真似をする。

餅つき機はあるけど、それ以外はみんな手作業だ。おばあちゃんちはお勝手が大きな土間になっていて、何重にも重ねた蒸籠《せいろ》がしゅーしゅーと湯気を噴きながらもち米を蒸している。このもち米も親戚の誰かのうちでとれたものだ。蒸しまでは大人の女性がやる。

蒸しが終わった米を大きな餅つき機に入れると、機械はぐわーんぐわーんと間延びした音を立てながら餅をついていく。機械が止まると、大人の男が手を水で濡らして一気に餅のかたまりを引っ張り出し、木のテーブルの上に置いた四角い枠にドカンとのせる。それを別の大人が手早く伸ばす。少し時間をおき、餅がかたくなったら、四角く切っていくのだ。

枠からはみ出た分は、その場で小さくちぎって、水を張ったどんぶりにちゃぷんちゃぷん入れていく。それを入れるはしから箸でぴしゃぴしゃつまんで大根おろしと醤油につけて食べる。外がひゃっこく、中があつあつでふかふか、口の中でとろんととける。どの餅よりもこの餅が最高にうまい。

いつまでも食べていたいが、僕たち兄弟で独占するわけにもいかない。他の人に譲って、また庭に出た。庭にはすでに切られた餅が新聞紙に並べられている。四角い切り餅だけではなく、鏡餅用のまるっこい餅も家庭の数だけある。

それを踏まないように、庭の反対側に行った。イトコや他の親戚たちと遊ぶのだ。これが毎年の楽しみである。

お父さん方の親戚とはこういう暮れと正月かお盆くらいしか顔を合わせない。お父さんが八人兄弟の七番目なので、他のイトコたちと年が離れすぎているということもある。いちばん上のイトコはもう三十歳近くで結婚しているらしい。

ただ、いつも遊んでくれる年上の人もいる。ヨウちゃんとセッちゃんの兄妹だ。大学生のヨウちゃんはいつもにこにこして「ヒデユキ、キャッチボールするか？」とか「独楽、回すか？」と誘ってくれる。背が高く浅黒い肌でハンサムでかっこいい、僕が「大きくなったらこうなりたい」と思う人だった。

セッちゃんは高校生の女の子で、ちょっと薬師丸ひろ子に似た美人だった。セッちゃんはよく僕とユウジを相手にバドミントンをしてくれた。

この二人がどういう人なのか初めのうちはわからなかったが、あるときセッちゃんはバドミントンを終えて高い縁側に腰掛けたとき、「あたしとヒデちゃんはね、ハトコなのよ」と言った。

「ハトコって何？」すぐ隣に腰掛けて訊く。

「兄弟姉妹の子ども同士がイトコでしょ？　イトコ同士の子どもがハトコなのよ」セッちゃんは柔らかく微笑みながら言った。甘い香りがした。

「僕たち、ハトコなんだ」このきれいなお姉さんと血がつながっているということが嬉しかった。

「そう。ヨウちゃんとあたしは、ヒデちゃんとユウちゃんとハトコ」セッちゃんは長い髪をゆらしながら言った。セッちゃんはお兄さんのヨウちゃんが大好きだった。

でも、その年の餅つきの日にヨウちゃんは現れなかった。ヨウちゃんがどこかへ行ってしまったらしいと両親が家で話しているのを耳にしたことがあるが、僕が「え、なになに？」と訊《たず》ねたら、「子どもは知らなくていいの」と言われておしまいだった。

ヨウちゃんがいなくて、セッちゃんだけがいた。セッちゃんはいつものようににこにこしながら、「ヒデちゃん、ユウちゃん、バドミントンやろ」と声をかけてきた。

僕たちは庭のはじっこでバドミントンをした。庭が広いからはじっこでも十分なのだ。ただときどき、干してある餅の中に羽根が飛び込んだりした。羽根はきれいなものでない。うちの両親だったらとやかく言うところだが、ここでは誰も何も言わない。それがまた開放的で楽しい。

三人が入れ替わりでラケットを持ち、羽根を叩いて走り回った。僕の番のとき、セッちゃんから来た羽根を背伸びしてポンと強く打ち返したら、思いがけず高く飛び、わら葺の屋根にのってしまった。

「あーあ、のっかっちゃった」

屋根に羽根がのっかるのはバドミントンの宿命だ。いつもはセッちゃんが呼ぶと、ヨウちゃんがすぐ梯子を持ってきて、あっという間にとってくれる。

屋根の上から「ヒデユキ、打ってみろ」と野球のピッチャーみたいに投げ下ろして、下から僕がラケットで打ったりした。

でも、今日はヨウちゃんがいない。他の大人たちに頼むのはなんだか億劫で、僕たちはラケットを地面に置いて、餅用の新聞紙に座り込んだ。

セッちゃん、僕、ユーリンが並んで体育のときのように膝を抱えた。つきたての餅のほかほかした匂いがして、僕はおなかがすいてきた。餅つきの最後には、いつもおしるこが出る。早くそれが食べたいなと思っていると、突然セッちゃんが言った。

「ヨウちゃんは駆落ちしちゃったのよ」

前にハトコの話をしたときと同じような唐突さだ。

「カケオチって何?」

「恋人同士がね、親が結婚を許してくれないとき、二人だけでどこかに行って、勝手に結婚しちゃうことよ」

「え⁉」

それは大変なことだと僕は思った。大学もやめちゃったってことか。でも、あの明るくて健康的でかっこいいヨウちゃんがどうしてそんな、後ろ暗くて、不良っぽいことをするのだろう。

僕ですらショックを受けていたから、お兄さん想いのセッちゃんはどれだけ辛《つら》い思いをしているだろうか。セッちゃんは黙って冬の澄んだ空を見上げていた。そろそろ風が冷たくなってきた。

遊ぶものもなく話すこともなく、ぼんやりしていたら、お母さんがやってきた。心配性のときの顔をしている。

「ボニーがいないんだけど、あんたたち、知らない？」

あっと思った。そうだ、ボニーを連れてきてたんだ。他の人たちがかまってくれていたので、すっかり忘れていた。慌てて探したが、庭のどこにもいない。家の周りにもいない。

餅つきは一時中断し、一族全員がボニーを探しはじめた。もう大騒ぎだ。あれだけお母さんの「迷惑かけちゃいけない」という心配を笑っていたのに……。

ボニーを連れてこようと言ったのは僕で、ちゃんと面倒をみると言ったのも僕、つまりボニーがいなくなってしまったのは当然僕のせいになる。

やばい。やばすぎだ。家に帰ったらお母さんにどんなに叱られるか……。

あのバカ犬……。また、猫かなんか見つけて、ひとりで競馬をやっちまったのかもしれない。おばあちゃんちの近所は田畑や家が多くて車も少ないから事故にあうことはないだろうが、あの犬は夢中になると何をするかわからない。自転車の前に飛び出して人に迷惑をかけているかもしれない。

ボニーは十分たっても二十分たっても帰ってこなかった。日はだんだん暮れていく。

僕は自分が叱られるかどうかより、もっと怖ろしい可能性に気づいた。

「まさか、クロと同じことになったら……」

前に一度だけうちで猫を飼ったことがあった。迷い込んできた黒い子猫で、クロと名づけて飼いはじめたが、三週間ほどして、うちで子ども会の集まりが終わったあと、いなくなってしまった。誰か、うちに来た人にくっついて行ってしまったにちがいない。みんな、近所の人であるし、見つからないわけはないと思っていたら、いくら探してもそれっきり二度と見つからなかった。クロがいなくなって淋しいからというのがボニーを飼い始めた理由の一つだったのだ。

「あれは血統書つきのいい犬だから、誰かが捕まえて連れてっちまったかもしんねえよ」近所のおじさんらしき人が言い、僕は青くなった。

ボニーがこのままいなくなってしまったら……。

「何でもスパルタを受けますから、ボニーを返してください」

僕は心の中でおばあちゃんちの近くにある天神様にひたすら祈った。

辺りがすっかり暗くなったころ、「ボニーがいたよ！」という声がした。

見ると、伯母さんの一人がボニーを引っ張って帰ってきた。

「駅の近くをうろうろしていたのを親切な八百屋の人が保護してくれてたのよ」と伯母さんは息をはずませて言った。ボニーが「この辺では珍しいきれいな犬」だったことが幸いしたのだ。他の犬が一緒にいたから、どうやらその犬を追いかけて行ってしまったようだ。北野のこの辺はまだ犬を放し飼いにしているところがけっこうある。

「いやー、無事けえってきたな」「おー、よかったな」などと祝福されて、ボニーは嬉しそうにへっへっへと舌を出しているし、なんだかボニーが偉いことをしたみたいだ。

ただ勝手に迷子になっただけなのに。でもよかった。ほんとによかった。僕はボニーに「勝手にどっか行っちゃダメだぞ」と言って、頭を何度もなでた。

するとと、横でセッちゃんがポツリと言った。

「ボニーは帰ってきてもヨウちゃんは帰ってこないんだよねえ……」

僕はぴたっと固まってしまった。

ヨウちゃんもボニーみたいに他の人について行っちゃったのか。でも八百屋で保護されているわけもないしなあ……。いくらハンサムでかっこいいとはいっても。おかしいような、悲しいような、すごく変な気持ちになった。犬が意味もなくはしゃぐ横で、僕は柿の木に残された黄色い葉が風にひらひら揺れているのをじっと眺めていた。

なぜか長谷川の顔が浮かんだ。あいつに今日のことを話したいなと思った。

地底戦車をつくる

目覚まし時計のベルが無情にひびく。

「うう、眠い……」

「ヒデユキ、もう六時半すぎたよ。早く起きなさい！」お母さんの声も無慈悲にひびく。

僕はしぶしぶ布団から出た。寒い。家の中なのに息が真っ白だ。体が別の生き物みたいにぶるぶる震えて止まらない。

ボニーがうちに来てからは楽しくなったけど、ただ一つ参るのは散歩だ。うちは朝ご飯が七時なので、六時半には起きて、外に連れて行かなければならない。

うちには台所とお父さんの書斎と僕たちの勉強部屋にストーブが一つずつ、居間にコタツが一つあるだけだ。急いで台所に行ってストーブにあたろうとしたら、ガスくさい匂いがするだけでストーブの火は消えていた。

「灯油がなくなっちゃったんだよ」お母さんは人の不幸を喜ぶかのようににっと笑った。

お母さんは山梨のすごく寒い場所に生まれた。子どものときは冬でも朝いちばんに起きて、カマドに薪《まき》をくべて家族のためにご飯を炊いたというのが自慢だ。今でもやたら早起きで寒さにもめっぽう強い。

玄関のドアを開けて外に出た。

「うわっ」

めちゃめちゃ寒い。顔や手がキーンと音を立てそうだ。

「今日、寒いねー」僕は物置で灯油の缶をごそごそやっているお母さんに言った。

「そりゃそうよ。今日、マイナス十度だもん」

「え、マイナス十度！」

お母さんは勝手口の前にかけてある温度計を見せた。ほんとだ。赤い線が信じられないほど短い。

八王子は東京都内より夏は気温が三度高く、冬は三度低い。天気予報の最高・最低気温はいつも三つ足したり引いたりしなければならず、「どうして八王子を東京とは別に天気予報でやらないんだろう」と八王子の人間はみんな言っていた。

しかも僕のうちがある又木は八王子の中心よりさらに二度か三度低い。八王子駅からさほど離れているわけではないのにすごく不思議だ。山の北側の盆地にあるからだとお父さんは言う。

　だから真冬の二月にはマイナス六度や七度を連発するのだが、さすがに十度は初めてだった。話し声を聞きつけて、ボニーがたったか走ってきた。ボニーの鼻の頭は真っ白だ。

「お母さん、ボニーの鼻が白いよ！」

「あら、いやだ。霜だよ、これ」お母さんは驚いたように言った。

　このバカ犬は、ちゃんと犬小屋があるのに、マイナス十度の地面に寝ていたらしい。体には毛皮があるが、鼻はむき出しなので、霜が降りたのだ。どうかしている。

「ヒデユキ」とお母さんが言う。「あんた、ちゃんと水道の蛇口あけておいたでしょうね？」

「あ、忘れた！」

　慌てて車庫の脇にある水道をひねったが、案の定、水は出てこない。真冬は凍ってしまうから、毎晩寝る前に水をちょろちょろ出しておかなければいけない。お母さんに言われていたのに、すっかり忘れていた。

「だからテレビ見る前にやりなさいって言ったでしょ！」

　またお母さんの逆鱗《げきりん》にふれてしまった。一度凍ると、水道は昼すぎまで使えない。

　寒いし、怒られるし、もうロクなことがない。犬だけが楽しそうにへっへっへと跳ね回っていた。僕はバカ犬のもこもこした背中にライダーキックをみまい、裏の門からそのまま外に出した。

学校から帰ると、先に戻って待っていたユーリンが「ねえ、お兄ちゃん」と話しかけた。「今日もゴルフやるの?」

僕らのゴルフブームはまだ続いていた。

カッチャンちの隣の家のガラスを三枚も割ったときはもうダメかと観念しかけたのだが、幸いおおごとにならなかった。隣の家の人はカッチャンちと長い付き合いだったし、カッチャンちの両親は大きな声で挨拶さえしていれば、他のことには寛容だった。

カッチャンゴルフ場、無事! のニュースを聞いたときは「やったー!」と飛びあがった僕たちだが、さすがに真冬は参った。野球とちがってゴルフは動きが少ないから、いつまでたっても体があったまらない。というより、どんどん冷えていく。

僕以外の隊員、つまりシゲオやミンミンやユーリンはときおり、「うちの中で人生ゲームやりたいよ」とか「野球盤がいいよ」などとぶつくさ言うが、僕は文句を言わない。だんだんカッチャンに認められつつあるような気がするからだ。軍団にはカッチャン隊長がいるだけで副隊長なんて役はなかったが、ひそかに「俺が副隊長だ」と思う気持ちはあった。カッチャンだけがそれを察してくれている気配を感じる。

だから、ふつうの隊員みたいに「寒いからゴルフは嫌だ」なんて無責任なことは言えないのだ。

「当たり前だろ。ゴルフは遊びじゃねえんだ」僕はユーリンに言った。

もちろん、マイナス十度でも外でゴルフだ。

今日は太陽が出ず、朝の冷え込みがいっこうにひかない。ゴルフを始めたものの、手がかじかんでプレーに集中できない。毛糸の手袋をしているのに、素手みたいな気がする。

「シゲオ！　スペシウム光線だ」僕は叫んで、顔の前で手を組んで、「ピーッ！」と言いながら白い息を吐きかけた。今日は白い息の色も量も格別で、本当に大量のビームが出ているみたいだ。

シゲオはほんとに光線が当たったみたいに顔をのけぞらせてから、思い切り息を吸い込み、「クソッ、お返しだ」とスペシウム光線を吐きかけてきた。

カッチャンは「ワイドショット！」とウルトラセブンの大技をユーリンに吹きかけた。カッチャンは肺活量がすごいから、白い息も大量だ。ユーリンは一瞬、顔が見えなくなった。

しかしユーリンも負けず嫌いだ。「エメリウム光線！」と言って息を吐き返した。でも、弱っちいし、ミンミンに「エメリウム光線はおでこから出るんだろ。口でふーっと吹いてやんの」とバカにされた。

みんながゲラゲラ笑うと、ユーリンは顔を赤くして、棒を拾い上げ、「アイスラッガー！」とわめいてミンミンに投げつけた。

もうこうなると、めちゃくちゃで、ゴルフのボールも蹴飛ばしてしまうし、「今日はやめようぜ」とさすがのカッチャンも言った。

これで家の中に入れる！　と思ったら甘かった。カッチャンは毎週買っている『少年ジャンプ』を十冊くらい持ってきた。

「これで焚き火をする」と言う。

僕の家では子どもだけでマッチに火をつけたりしてはいけない。でも、カッチャンちはいいみたいだ。

カッチャンちにはカマドがある。へいに使うコンクリートのブロックを三つ重ね、上に金網をのせたものが庭の隅に作られている。カッチャンちのおばさんはそこでゴミを燃やしたりしている。

カッチャンはジャンプを一冊とりあげ、ページをやぶくと、マッチで火をつけた。炎がめらめらと立ち昇る。カッチャンはそれをカマドに投げ込み、その上から、別のページをくしゃくしゃにして放り込む。

「俺もやっていい？」僕は訊いた。

「あー、いいよ」

僕はいそいそとジャンプをつかんでページをビリビリやぶいた。「うわっ、こんなこと、していいのか」と思いながら。うちでは「本を大事にしなさい」と親に言われている。雑誌も本の一種だから丁寧に扱っている。

その本のページをやぶるなんて想像もつかなかった。どうせ、古雑誌としてちりがみ交換に出すだけだとしてもだ。

しかもそれを火にくべてしまう。火遊びだけで「いけないことをしている」という気分満点なのに、本（雑誌だけど）をくべてしまうとは二重に「いけないことをしている」気分で、ドキドキものだ。ページ一枚分をひきちぎって、手に火が触れないよう、カマドにぴらっと放り込んだ。

でも、失敗だった。カッチャンがやったときみたいに炎が立たず、隅を黒く焦がしただけで消えてしまった。

「ヒデ、ダメだ。紙はそのままだと燃えにくいんだ。こうしないと」とカッチャンはページをくしゃくしゃに丸めて、カマドに投げた。ぼわっと炎があがった。

「丸めると火力が強くなるんだ」

ほんとにカッチャンはなんでも知っている。僕は感心した。

僕たちは交代でジャンプを火にくべた。火は強くなったり弱くなったりするし、炎の形も変わる。飽きない。それになにより暖かい。

しばらく野球のボールみたいに、離れたところから丸めた紙をカマドに投げて入るかどうか競争したり、次にはゴルフのクラブでやっぱり丸めた紙を打ってカマドに入れようとしたりした。

それに飽きると、今度はシゲオが小さい水溜りに張っていたちっちゃい氷をはがし、それをカマドに放り込んだ。「ジュッ!」という音がして炎が小さくなった。

「何するんだよ」「火が消えちゃうだろ」と非難ゴウゴウだ。

でも、たしかに氷をとかすのは面白い。

カッチャンはサバの缶詰の空き缶を持ってきた。フタの部分を火箸で持ち、中に氷を入れて、カマドの金網にのせたらシュッと一瞬でとけた。次にはバケツに張っている分厚い氷をくぎ抜きでガシガシ削り、そのかたまりを入れた。何か怒っているようにシュウシュウと白い蒸気をあげて氷はとけて水になった。

うーん、これは面白い。やみつきになる。

「何か別なものをとかそうぜ」僕が言った。

ミンミンが古い怪獣消しゴムを持ってきて試したが、消しゴムは嫌な匂いを発し、黒く焦げただけだった。プラスチックの破片はもう少し面白くて、飴のようにめろっととろけた。でもやっぱり燃えカスが黒くて汚い。金属はどうかとネジを入れたが何も変化しなかった。

何かとけないかと、みんなでカッチャンやシゲオんちの周りを漁って歩き、ボルトだとか金具だとか集めてきて、片っ端から入れたが、やっぱりとけない。

「みんな、バカだな！」とミンミンが急に言った。

「だって、この空き缶が金属じゃん。もし金属がとけるなら缶がいちばん先にとけるよ」

「おー、そういえばそうだな」「俺たち、バカだなー」「でも、ミンミンだって一緒に釘をとかそうとしてただろ」

みんなで大笑いしながら、金属とかしを諦めたが、シゲオだけは「超能力でとかす」と言い張る。

シゲオは前に超能力が流行ったとき、念力で時計を直したという。壊れた時計を手にして「動け、動け」と念じたら動き出したというのだ。でも、シゲオが得意げに時計を見せたとき、それは止まっていた。シゲオは「あれ、おかしいぞ！」と慌てふためき、僕らは「また、シゲオが勘違いしてる」とゲラゲラ笑った。シゲオは執念深いので、それを根にもっていて、今でも折に触れては自分の超能力を証明しようとやっきになる。

空き缶に釘やら針金やらを入れると、シゲオは眉間にしわを寄せながら、「とけろ、とけろ、とけろ……」と念じはじめた。

「スプーンだって曲がんないのに無理だよ」

「まだやってるよ」とみんなでバカにしていたところ、「あ、とけた！」とシゲオが大声を出した。急いで見に行くと、銀色のものがどろっととけて缶の中を流れている。

「うおー、すげえ！」

「シゲオ、どうやったの？」

「だから超能力だよ、超能力！」シゲオは大興奮だ。

いつも絶対に硬くて形が変わらないと思っていた銀色の金属が氷のようにとけ、缶の中でゆらゆら揺れている。奇跡だ。

「ちょっと俺にもそれ貸して」僕は言い、シゲオはいったん缶を地面に置いた。僕は火箸を受け取り、缶をはさもうとしたが、うまくはさめない。やっとこ、ちゃんとはさんで持ち上げたら、「あれ？」と思った。銀色が揺れてない。もう固まっている。

「あれ、固まっちゃった」僕は首をひねりながら、缶をまた火にかけた。すると、それがまたたちまちどろどろと動き出した。

不思議だ。

シゲオはその針金をカッチャンちの門の前にある燃えないゴミ用の箱から見つけたという。そこには長いのやら短いのやら、似たような針金がいろいろ捨ててある。シゲオが「同じもの」という針金を別の缶に入れてやってみたが、僕がやるとできない。

どうしてだろう？　ほんとにシゲオは超能力者になってしまったのだろうか？

「ヒデには無理だね」ふっふっふとシゲオは楽しそうに笑った。「ふつうのやつにはできない。俺しかできない」

僕はガッカリしたが、シゲオだけにできるならそれは本当に超能力だ。友だちが超能力者になったらちょっと複雑な気分だが、やっぱり嬉しい。たとえシゲオといえどもだ。

シゲオはもったいぶって缶をとりあげ、火にあてて、「とけろ、とけろ、とけろ……」念じだした。僕たちも固唾を呑んで見守る。

だが、針金は全然とけない。

「なーんだ。やっぱ、シゲオは超能力者じゃないじゃん」とユーリンが笑った。

「これは詐欺《さぎ》事件ですねえ」とミンミンがアナウンサーみたいな口調で言う。僕も「シゲオ、ダメじゃん」と笑った。

シゲオは何度も「おかしい、おかしい」とぶつぶつ言っていたが、しまいには諦めて缶を置いた。「でもさ、超能力じゃなかったら、なんでさっきだけとけたんだよ」

同じ針金でとけるときととけないときがあるとは不思議だ。何かがちがうのだ。でもシゲオの能力とは関係ないらしい。

何がちがったのか。なんとかこの謎が解けないものだろうか。シゲオの超能力じゃないが、自称「副隊長」の力をたまには見せてやりたいという気持ちもあり、僕は愛読しているシャーロック・ホームズを思い出した。

　ホームズは細かいことを観察し、あくまで論理的に推理し犯人を当てる。あとで聞くと、「なーんだ」とワトソンなんかは言うが、言われるまで気づかない。それがホームズのすごいところなのだ。僕はホームズになりきって、二回の実験のちがいを細かく思い出して比べた。

「そうだ！」閃《ひらめ》いた。「マンガがちがうんだ！」

「最初、とけたときは、燃やした紙は『アストロ球団』のページだったけど、とけなかったときは『トイレット博士』だったよ」

「そんなの、関係ねえよ」ミンミンが笑った。

「あるかもよ。だって、ちがいはそれしかない。ホームズ的に考えるとそうなる」僕は言い張った。

「『アストロ球団』は超能力みたいなマンガだしね。『トイレット博士』じゃ、ふざけてるから超能力にならないかもよ」ユーリンがまた生意気なことを言うが、この日にかぎっては援護射撃がありがたい。

　そこで別の号を持ってきて、わざわざ『アストロ球団』のページだけひきちぎって、大量にカマドに入れた。なるべく実験が成功しやすいように、短めの針金を入れて、火にかけた。

すると、針金がとけた！

「おおーっ！　とけてる！　やっぱ、『アストロ球団』のパワーだったんだ」

マンガの絵によって鉄がとけたりとけなかったりするなんて、まだ誰も発見してない現象じゃないか。

「すげえよ、大発見じゃん」

「ノーベル賞がとれるかもよ」

なんか大変なことになってきたぞ。僕は興奮で体がかっかしてきた。

「もっと他のマンガを試してみよう」カッチャンがひとり、冷静に言った。

僕たちは片っ端から実験してみた。すると、どれもとけない。ジャンプ以外はどうかということで、一冊だけあった『少年チャンピオン』を持ってきた。今週号だが、超能力実験のためにはやむをえない。順番に試したら、なんと『恐怖新聞』だけとけた！

「ひえええーっ！」僕たちはゾッとして悲鳴をあげた。『恐怖新聞』はむちゃくちゃ怖い。『アストロ球団』と『恐怖新聞』だけとけるってことはやっぱり、マンガの内容と関係があるんだ……。

でも、超能力はいいけど霊は嫌だな……。呪いがかかったらどうしよう。

みんな、これ以上実験を続けていいかどうかためらっていると、カッチャンが叫んだ。

興奮して耳がバタバタしている。

「わかった！　マンガなんて関係ねえよ。とけたのは針金じゃなくて鉛だ！」

「え？　鉛？」

一緒にまとめて捨ててあり、長さも太さも同じようだったのでてっきり同じものと思い込んでいたが、言われてみれば、中に針金より軟らかくて色も若干鈍いものがある。カッチャンによると、それは鉛なのだという。

「バッカでえ」「何が超能力だ」「『アストロ球団』でノーベル賞だって」

みんな、自分たちのバカさ加減に腹を抱えてゲラゲラ笑った。

世紀の大発見じゃなくてがっかりしたけど、鉛がとけるのは面白い。今度はちゃんと針金と鉛の線をよりわけ、鉛だけとかしてみた。どれもちゃんととけた。けっこうな量にもなる。

缶の中で煮てるだけではつまらないので、土の上に垂らしてみた。乾いて硬い地面に落とすと水のように広がるが、すぐに固まる。火箸で持ち上げると、流れた形に固まる。カッチャンの発案で地面に小さい穴を掘った。鉛をどんどんとかして、ここに溜め込む。まるで銀の塊みたいなものができた。

次にまだ熱い塊を畑の霜柱の上にのせてみたら、そこだけスポンと地盤沈下したように沈んだ。熱で霜柱がとけるのだ。それを見て僕は閃いた。

「おい、これで地底戦車をつくろう！」

ウルトラセブンに出てくるマシンだ。

「え、どうやって？　いくら熱くても地面はとけねえぞ」カッチャンが眉間にしわを寄せた。

「だいじょぶ、だいじょぶ。まあ、やってみようぜ」

僕はにやっとした。いつもと立場が逆転している。

僕はカマドの脇の地面を肥後守でほじくり、地底戦車の型を作った。といっても、地面だからそんなに精巧な形ではない。四角くて先がドリルのように尖っているだけ。でもそれで十分なはずだ。

カッチャンを含め、他のみんなが固唾を呑んで見守っている。

僕は缶に入れて熱して液状になった鉛をその型に流し込んだ。火箸で固まったのを確認してすぐ、それを持ち上げ、「みんな、こっちだ！」と叫んで走った。

井戸のそばに置いてある木の桶のところへ行った。桶は外置きのゴミバケツと同じくらいの大きさで、びっしり氷が張っている。底まで十センチ以上もある。

僕は氷の上にそっと地底戦車をのせた。五人は頭を寄せ合って、じっと桶のなかを見つめた。

すると、戦車は動き出した。氷をとかして沈んでいく。うまい具合に戦車の前が重いらしく、まるでドリルが穴を掘って進むように、斜めにぐーっと掘り進んでいく。

「おー、すげえ」

「本物の地底戦車みたいだ……」

自製の地底戦車は何の動力もないのに、まったく自力で桶の底へ向かってしずしずと進んでいく。何か意志をもつもののようだった。

僕たちは寒風に吹かれるのも忘れて、地底戦車を見つめていた。

戦車が地底、つまり桶の底に達すると、カッチャンは僕の肩をガシッと摑《つか》んだ。

「ヒデ、すげえじゃん！」

目が小さな子どものように輝いている。耳が激しくバタついている。

僕はへへっと照れ笑いした。初めてカッチャンを驚かせてやった。

マイナス十度。それは僕の味方だった。

僕らの縄文時代

春休みになった。

朝、ボニーの散歩がてら、うちの近くのゴルフ練習場脇でゴルフボールを物色していた。ときどき網の破れたところから外にこぼれ出たボールが見つかるからだが、この日は一つも見つけることができなかった。がっかりして帰ろうと、駐車場の前を通ると、小さくて赤いプラスチックの欠片《かけら》みたいなものが砂利の上に落ちていた。

「お、ティーだ！」

僕は毎日明けても暮れてもゴルフ三昧《ざんまい》だったが、本物のティーを手にしたのは初めてだった。テレビで見るときはすごく小さいものに見えるが、意外に長い。

僕たちカッチャン軍団の隊員は、めったにテレビでゴルフを見たりしなかった。プロゴルファーはおじさんばかりで、マンガの中に出てくるようなかっこいい選手はいなかったし、だいいち、「箱庭ゴルフ場」と呼んでバカにしていた。

ただ、たまにテレビのゴルフ中継を見て憧れていたことが一つだけある。

音だ。

ティーショットでドライバーがボールをとらえた瞬間のバシッという突き抜けた衝撃音。それと最後、グリーンでボールがカップの底に落ちるときのココンという軽やかで得意気な響き。

これだけはカッチャンゴルフ場で真似ができない。

カップは何度か穴に空き缶を埋めて試してみたことがあるが、カンとかパンという安っぽい金物の音がしただけだった。簡単そうに見えて、難しい。何か特別な材質なのだろう。結局諦めた。

でもティーショットはどうか。ティーがあればあのバシッという音は出るんじゃないか。


興奮した僕はその日の午後、さっそくカッチャンゴルフ場に持っていった。他の仲間もティーを見るのは初めてだ。

第一打のことを「ティーショット」と呼んではいたが、実際には地面に置いた球を打つだけだった。これで本物のティーショットが打てる！　と思ったが、いざやってみると、ただ下にボテッと落ちるだけだった。

無理もない。カッチャンゴルフ場は極端に狭くて、球をコロコロ転がすのと上にすくいあげるブーブーが精一杯なのだ。

「よし、それならティーショットが打てるゴルフ場を探そう！」カッチャンが決断した。ゴルフ場に合わせてやれることをやるのでなく、やりたいことに合ったゴルフ場を探す。それがカッチャン式の発想で、それに慣れている僕らはすぐに「おー！」と気勢をあげた。

場所は片倉城址。片倉城という城の跡だ。中に住吉《すみよし》神社があるので「住吉様」とも呼ばれる。ここ一、二ヶ月ほど工事が続いていたが、今は終わって整備しなおされたという話だった。

僕たちは自転車に乗ってスタートした。春先の鈍い光が差し、カッチャンやシゲオの持つクラブのシャフトに反射してキラめいていた。

――いい季節になったな……。

心がうきうきする。まだまだ気温は低いが、日に日に暖かくなっているのがわかる。野球やクワガタ捕りや魚捕りができる楽しい季節が近づいてきている。なにより、冬の間に比べてずっと日が長くなった。今日もこれからじっくり遊べるにちがいない。

ゴルフクラブを持った小学生の一団は目立つらしく、すれ違う人たちはみんなじろじろ見ていたが、そんなものに構っている暇はない。

と思ったら、ガキッ、ガッシャーンというひどい音がして、振り向くとミンミンが自転車ごと転んでいた。クラブの先が自転車のスポークにひっかかったのだ。

「あ、いてえ……」ミンミンはすりむいて血がにじんだ手のひらをさすった。

「何やってんだよ？」

「だってさ、クラブを持って自転車に乗るの、難しいんだもん」

僕とユーリンは笑った。僕たち二人は毎日その体勢でカッチャンちに来ているから、慣れている。

「オーナーは自分のゴルフ場を出るとダメだなあ」

とユーリンが生意気な口をきき、怒ったミンミンにチョップをくらっていた。


片倉城址に着いた。この時期、日曜日は家族連れやカップルもちらほら見かけるが、平日はほとんど人がいない。今日もまったく人の気配がない。梅か桃かわからない赤い花がひっそりと咲き、ウグイスがホケキョ、ホケキョと呑気に鳴いているだけだ。

いつもなら、神社の下に流れる沢に入って沢ガニを捕ったり、どろどろしたカエルの卵を棒で引っかき回したりするのだが、今日は遊びに来たんじゃない。ゴルフだ。

階段を駆け上り、神社の横を抜けてさらに上に行く。

「おおー！」

僕たちは感歎《かんたん》の声をあげた。頂上は本丸広場と二の丸広場に分かれている。以前はただの空き地というか木や草がぼうぼうだった場所に、今は芝生が敷き詰められていた。

本物のゴルフ場みたいだ。

本丸と二の丸の間は空のお堀のような深い溝が掘られ、小さな橋を通って渡るようになっていた。

僕はすぐにティーでかっ飛ばしたかったが、カッチャンが「ただ打ってもしょうがないだろ。コースを作ろうぜ」と言う。

広場はどこもかしこも芝生という贅沢《ぜいたく》さだが、全部芝生ではどこをグリーンにしていいかわからない。贅沢な悩みだ。

遠くからでもわかる場所、そこだけ他とはっきりちがう場所。

「あ、そこにしようぜ」僕は二の丸の隅を指差した。大きな楓《かえで》の木の下に赤い落ち葉が溜まっている。「あれ、グリーンにぴったりだよ」

「球が転がりにくいんじゃねえか」シゲオが言う。

「でも遠くからでもわかりやすいよ」僕は言った。

色が赤いからレッドグリーンという変な呼び名になった。

それにしても、落ち葉の量は多すぎる。ボールが埋まって見えないと困るので、邪魔な部分は手で集めてどかした。

もみじの山ができた。これをどかそうとしたが、めんどうくさい。

「いいや、それ、バンカーにしようぜ」

バンカーは凹《へこ》んで中に砂がある部分だ。中に落ちると脱出が厄介だと「サル」で読んで知っている。そこで落ち葉の山をグリーンいやレッドの周りに配置し、「逆バンカー」と名づけた。そこに球が落ちれば、苦労するという仕組みだ。

いっぽう、本丸のほうは楓でなく、桑によく似た、でも桑ではない葉っぱが同じように溜まっている場所があった。こっちは黄色いのでそれを「イエローグリーン」と名づけた。

僕たちはそれぞれのグリーンの真ん中に穴を掘った。カップだ。そこに木の棒を「ピン」の代わりに立てる。ピンには旗が必要だとカッチャンが言うので、別の木にひっかかっていたビニール袋を結わえ付けた。

これでレッドとイエローという二つのホールができた。なんだか、すごく本物っぽい。

ティー所有者の特権で僕が第一打を打つことにした。

ボールをティーにのせ大きく振りかぶって強く叩いた。パシッという今まで聞いたことのない痛烈な音がして、ボールは低い弾道を描いて二の丸に落ち、転がった。グリーンとはまったくちがう方向だが、こんなに強く打ったのは初めてだ。

うーん、なんともいえない快感だ。

「三百ヤードくらい行ったんじゃねえか」僕が言うと、「そんなに行くわけねえじゃん。二百五十くらいだよ」とミンミンが否定する。もちろん、ゴルファー気分を盛り上げるためのインチキ会話だ。

あとはジャンケンの順番で打っていった。誰もボールを思った方向に打つことができない。それでもカッチャンだけは、五番アイアンで誰よりも高くボールを打ち上げた。シゲオはドライバーなので心配したが、ティーがあるから、ちゃんと球はライナーで堀を越えた。ただ勢いがよすぎて、広場を突っ切って向こう側のヤブに突っ込んだ。

第二打を打つとき、広場のほぼ全方向にみんなは散らばった。今まで庭ゴルフをやっていた者にとっては、それだけで何か、すごく進歩した気がした。ブーブーをやらなくても、ふつうに打って、球が浮くのが気分いい。

レッドグリーンのアイデアは大正解だった。なによりもみじバンカーがいい。バンカーに球が突っ込むと落ち葉に埋まる。だから落ち葉ごとふっ飛ばす。成功すると、ボールと一緒に赤い落ち葉がぶわっと舞うのだ。それがまるで映画やテレビの爆発シーンみたいでかっこいい。僕らだけのゴルフをしているという優越感がわきおこる。

だがこれも欠点があった。強く打つとボールがグリーンを越えてしまうのだ。グリーンの向こうは山の斜面になっている。林とヤブなのでボールを探すのも大変だ。結局、バンカーに入ったら、やっぱりブーブーに頼らざるをえなくなった。もみじブーブーだ。

「片倉城址ゴルフ場」の新規開拓にすっかり満足したが、飽きるのも早かった。コースが二つしかないからだ。広場はどちらも平坦で面白味がない。なにより、「冒険策」と「安全策」の選択がないから盛り上がらない。

三回目に行ったとき、カッチャンは「こんなの、箱庭ゴルフ場だ！　ムキー！」と叫んでめちゃくちゃな方角に球をかっ飛ばした。欲求不満が爆発したらしい。

「楽すぎてつまんねえ。もっと険しいコースを作ろうぜ」

僕たちは広場を降りた。広場は山の頂上にあたるから、その下は地形的にはまるっきり山だ。急な斜面が複雑に入り組んでいる。こんなところでゴルフをやるというのはどうかしているが、まるで本物のサルみたいだ。

「ムキーッ！」とみんなが気合いの雄叫びをあげた。

しかし何でもやりすぎるカッチャンが考えたコースはハンパなものではなかった。文字通り「谷」を越えて上の二の丸のレッドグリーンに打ち上げるという過激なものだ。もうここには冒険策と安全策の選択すらない。

僕らが顔を見合わせるとカッチャンは口をぎゅっと結んで言い放った。

「冒険策あるのみだ」

他の人が来ないのを確認してから順番に打っていく。ボールは谷は越えるが、とんでもないところに飛んで行ってしまう。ズボッと落ち葉の中に突っ込んでどこかに行ってしまったり、せっかく谷をきれいに越えて、見事向こうの散歩道に落ちた！　と喜んだのも束の間、球はコロコロと転がり、そのまま反対側の谷底に落ちて行ってしまうこともある。林の木に跳ね返って、谷底転落もあり、みんな谷底へ吸い込まれる。

どうやっても最終的には谷底に落ちてしまうのだ。

「これじゃゴルフじゃなくてパチンコだ」と僕たちは嘆いた。

あまりに苛酷なコースだった。誰一人グリーンはもとより二の丸広場にすら届かない。それどころか、せっかく拾ってきたボールがすぐなくなってしまう。ボールは貴重品だ。だんだん「やってられねえ」という気分になってきた。

ボールを三つなくした時点でさしものカッチャンも戦意を喪失し、僕らは二の丸に戻った。クラブを放り出して、芝生の上に座り込む。いろんな意味でぐったり疲れていた。

そこでシゲオが変なものを見つけた。

「なに、これ？」

植木鉢の破片みたいだが、もっと土っぽくて、ボロボロしていて、上に変な模様がある。

「なんだろう？」

僕たちは首をひねった。よく見ると、二の丸のあちこちにその破片が転がっていた。形も大きさもまちまち、模様は基本的にはシマシマでちょっと網目っぽいが、太いのも細いのもある。

わけもわからず、僕たちはズボンのポケットにその土の破片をぎゅうぎゅう詰め込んで家に帰った。

翌日、その変な土の破片をビニール袋に入れて学校に持っていった。僕はこれまでも犬釘だとか巨大ノコだとか、探検や冒険の「戦利品」をクラスの友だちにみせびらかしていた。これは冒険の結果ではないけれど、何かすごく変なものじゃないかという気がしたのだ。

だが、友だちの反応は芳しくなかった。「なに、これ?」「なんか、不気味」というのだ。

仲のいいマサトにいたってはでかい体をすくめて「呪いの道具じゃねえの」と恐ろしいことを言った。

そう言われると、たしかにそうだ。奇妙な網目といい、不規則な割れ方といい、何か怨念めいたものが感じられる。

でも「呪い」なんてセリフが出たらアウトだ。たちまち、クラス中が「えー、阪野が呪いの道具を持ってきた?」「うっそー、やべえ」などとわいわい騒ぎ出した。

「なに、騒いでるんだ」という声がした。担任の先生だ。いつの間にか授業の時間になっていた。

「阪野君が呪いの道具を持ってきたんです」

僕が素早く土の欠片を机の中に隠したのに、オトコンナズの悪党、坂口がさっそく告げ口をした。

「なんだ、見せなさい」先生が言うので、しかたなくビニール袋を差し出した。先生は蛇でももらうようなしかめ面で袋を受け取ったが、次の瞬間、「あれ？」と言った。

「これ、土器じゃないか」

「土器？」

「そうだよ、縄文式土器だ」

今から一万年も前の大昔、日本に住んでいた人たちは縄目模様の土器を作っていたと先生は説明した。いや、その土器を使っていたからその時代を「縄文時代」と呼ぶようになったという。僕は家にある『マンガ日本の歴史』をよく読んでいたので、そういえばそんな話があったなあと思い出した。

「私も子どものころ、よく拾ったよ」先生は懐かしそうに言う。「八王子ではけっこう出るんだよ」

しかし、どうして城の跡から土器が出てくるのか。城はもっとずっと新しくて、室町時代から戦国時代にかけてのものだという。さすがの先生も「不思議だなあ」と首をひねっていた。

先生に見つかったのはかえってラッキーだった。歴史の勉強に関係することだったから、「阪野は面白いものを見つけたね」とほめられてしまったし、呪いの道具でないこともわかった。もし本当に呪いの道具だったら、捨てるのも怖いし、どうしようとビビッていたのだ。

それだけじゃない。なんと、長谷川真理が「それ、一つ、くれない?」と手を差し出した。

「だって、大昔のものなんでしょ? 貴重よ」

「あ、ああ……」

びっくりした僕は間の抜けた返事をして、模様のはっきりしたやつを彼女の手のひらにのせた。彼女の指は白くて細かった。

「ありがとう!」長谷川はにっこり微笑んだ。笑窪がかわいい。

なんということだろう。おもいがけず、初めてプレゼントをあげてしまった。しかも土器。幸せという感情がどっと押し寄せた。

だが、その幸せ感は一瞬だった。長谷川の欠点は天真爛漫すぎることだ。みんなの前で堂々とやるものだから、他の連中が「俺にもくれよ」「あたしも」としゃしゃりでてきてしまったのだ。

「阪野、一個くらいくれよ、ケチ」とオトコンナズの二人にもなぜか罵《ののし》られながら渡すハメになった。まったく参る。たちまち土器はすべてなくなり、気づいたら長谷川の姿も消えていた。

それでも先生にほめられたうえ、長谷川にも喜ばれたとはすばらしい。

翌日、カッチャン軍団のメンバーに「あれは縄文土器なんだぜ」とえらそうに僕は言った。先生にほめられたことも報告した。

「へえ、あれはそんな昔のものだったんだ」カッチャンも驚いていた。

「よし、今日はゴルフはやめて、本格的に土器を探そう！」

「おう！」

僕らはまた片倉城址に行った。

探すと落ちてる、落ちてる。本丸と二の丸はもちろん、二の丸からお堀跡を越えた向こう側の大根畑の中にも落ちている。僕たちは畑の中にも入っていって物色した。

「おい、何してんだ！」と声がする。畑をやってるおじいさんらしい。

「あ、これ、拾ってたんですけど」とおずおずと言った。「この土器、前からここにあるんですか？」

そう訊くと、おじいさんはよく聞きとれないくらいの強い八王子訛りで、「昔からた

くさん出てくるよ。ちょっと地面ほっくりかえせばいくらでも出てくる」というような
ことを言った。そんなにたくさん出るのか。

「縄文時代はこの辺、町だったのかな？」と僕は言った。

大昔、ここで、毛皮を身につけた髪の毛も髭《ひげ》もぼさぼさの人がたくさん集まって、土器で水を汲んだり、野菜や肉や魚を煮ていたのだろうか。

僕たちはしばらく、土器集めに熱中した。集めて何が面白いというわけではないが、その模様を指でなでているだけですごく不思議な気持ちになれる。だって、何千年も昔の人がこの模様を作ったなんて信じられないじゃないか。つい昨日、僕や友だちが作ったようにも見える。いろんな柄や色（薄い茶色が基本だが色の濃淡はあった）があるのも、怪獣消しゴムや野球バッジにも似て面白い。

もっとも、土のかたまりだし、家の中にも入れられなくて、縁側の下のザルに放り込んでおいた。ボニーがときどき匂いをかぎに来たが、食べ物じゃないし、「ちぇっ、つまらない」というふうに鼻をフンと鳴らして向こうに行ってしまう。

土器を山ほど集めて、「さて、どうしよう？」と僕らは考え込んだ。たまにしか見つからないならともかく、いくらでも拾えてしまうと飽きてくる。

「そうだ」と僕は言った。

「土器ってもとは壺とか鍋なんだろ？　破片を合わせたら元の形になるかもよ」

縄文土器を復元したら先生や長谷川にもっと感心されるにちがいないという下心があったらいたのだ。

みんなでやってみたが、まったくうまくいかなかった。同じ模様の破片さえ、めったに見つからないのだ。パズルとはわけがちがう。

僕のあさはかな野望が頓挫し、みんな、手元の土器をおはじきのようにバラバラともてあそんでいると、カッチャンがいきなり言った。

「破片をつなぐのが無理なら、俺たちで土器を作ろうぜ！」

なんと、土をこねて焼き物を作ろうというのだ。さすがカッチャン、考えることがちがう。僕らはその斬新なアイデアに興奮し、「ムキー！」とわめいた。

最初、僕がカッチャンちの庭の土をとろうとしたら、カッチャンに笑われた。

「バカ、土器は粘土で作るんだ」

粘土は学校の図工のときにしか使わない。あれはたしか授業用に買ったものだ。だが、カッチャンは特に根拠もなく「粘土はこの近くにもあるだろう」と言う。僕らは自転車に乗って探しに行った。

まず、探したのは由井中学校の近くにある僕たちの秘密の場所だ。古い防空壕の跡で、奥行きが五メートルほどの穴になっている。そこの壁が黄色くてちょっと粘り気があるから、スコップですくってビニールに入れて持ち帰った。

もちろん僕らには焼き物の経験なんかない。てきとうに土をこねて茶碗やコップのような形を作り、ブロックのカマドにのせた。先月の『少年ジャンプ』で火をつけ、小枝を燃やした。

しばらくして、火箸でつついて固くなったのを確認すると、外に出した。焦げくさい匂いが漂う。黒っぽい灰がこびりついているのでフッと息を吹きかけて払う。ところどころ、黒く焦げているのはしかたないにしても、どうしてもヒビが入ったり、割れてしまったりする。縁がボロボロになることもある。

何度もやり直したが、うまくいかない。土を厚くすると生焼けのままだし、薄くするとボロボロになってしまう。

どうも土がいけないらしい。「もっと粘り気が多い粘土を探せ」とカッチャンは指令を下した。

僕らは又木じゅうを歩き回り、水がびしょびしょしているところ、例えば川辺や田んぼの土を持ってきて試したが、乾かすと粘土ではない。そういう土で焼くと、みんな、微妙に色や焼いたときの出来上がりがちがうのは面白かったが、うまくいかないのは同じだ。

僕は考えた。ホームズを思い出していた。ホームズはロンドン中の土を覚えていた。犯人や依頼人がどこから来たのか、靴についた土で当てることができた……。

「そうだ！」

閃いた。土器は片倉城址で作られたのだ。ならば、片倉城址に行けば、あの土器を作ったのと同じ土があるのではないか。いちばん土器を作りやすい土はあそこにあるんじゃないか。

「どうしてこんな簡単なことに気づかなかったんだろう？」

僕が得意になって説明すると、「そうか！」「さすが、ヒデ！」とみんなは感心した。

みんなで再び片倉城址に行ってみた。田んぼや山の斜面の土はダメだ。どこかに粘土っぽい土はないか……。

何千年もたてば、土も変わってしまうのかもしれない。ホームズはロンドン中の土を知っていたが、縄文時代のロンドンの土は知らなかっただろう。僕は自分の迂闊《うかつ》さをくやんだ。で、また、「びしょびしょしているところの土がいい」という説に戻って、沢を調べていたら、ミンミンが「あ、あった！」と叫んだ。

沢の始まり、清水が湧き出ているところの土が黄銅色のねばねばした粘土だった。図工で使うのにそっくりで、もっと新鮮な匂いのする粘土だ。

「これだ！」

ねっとり湿った粘土をスコップでそぎ取って、ビニール袋に詰めた。

カッチャンちに帰って、さっそく焼いてみた。すると、不恰好ながらも前とは比べ物にならないほど綺麗《きれい》にできた。やった、成功だ！

「よし、じゃあ次は縄の模様をつけよう」カッチャンは次の指令を出した。

独楽用の紐を持ってきて、自作の粘土細工にぐるぐる巻きつける。そして、焼く。

何度も辛抱強くやっていたら、そのうち、色はちょっと赤っぽいが、縄文土器にどことなく似たものができた。

並べてみると、ひいき目ながら「同じ仲間」という感じがする。

すごい。何千年も前のものと同じ仲間を作ってしまった。僕たちはしばらくその感動を味わっていた。

「これ、どうする？」カッチャンが訊いた。

僕はドキッとした。実は粘土をこねている途中、すごくいいアイデアというか下心を思いついていたのだ。

花瓶にしたら――。

というのは、同じ美化委員である長谷川真理が前に「教室の後ろに花瓶を置いて花を活けたい」と言っていたのを思い出したのだ。

いくら縄文土器に似ているといっても、所詮僕らが真似して作った土の器だ。半分は生焼けで泥だし、とても本物の鍋やコップとして使えそうにない。食べ物や飲み物なんか入れられない。

でも花瓶なら何も問題ない。というか、縄文土器の花瓶なんて新しいじゃないか。長谷川もきっと「えー、すごい！」と感心してくれるにちがいない。

でも、僕が「花瓶」なんて、似合わない。どうしようかと迷っていると、シゲオが言った。

「花瓶にしたら？」

「花を活けるのかよ？　おまえ、女かよ⁉」みんなでどっと笑った。シゲオは顔を真っ赤にして「冗談にきまってるじゃん」と言い訳した。その慌てぶりがまたおかしくて爆笑である。

あ、あぶなかった。やっぱり、カッチャン軍団で「花瓶」はダメだ。

「じゃあ、何に使うんだ？」

僕らはわいわいと意見を言い合った。鶏の水飲み用にいいんじゃないかとか、魚捕りでビクの代わりに使ったらどうだとか。

ユーリンだけ、話から外れて、しゃがんで自分の土器を楽しそうにいじくっていた。

ユーリンの土器は桃の缶詰の缶みたいな形をしていた。かっこわるいとみんなにバカにされたばかりだったが、本人はすごく満足そうだ。ビー玉やら木の棒を入れて遊んでいる。

ユーリンはゴルフボールを土器の中に落とした。

ココン。

「え？」みんな一斉にそれを見た。この音は……。

「おお！」と叫んだ。「ゴルフカップの音だ！」

こうして僕たちの自製縄文土器はゴルフのカップとして使われることになったのだった。

カッチャン軍団、最後の冒険

「カッチャン、遊ぼ！」野球のバットを担いで、ユーリンと一緒にいつものように門から中に入りながら大声で呼ぶと、カッチャンではなく、別の子が二人庭からふらっと現れた。

「誰だ、おめえ？」一人が訊いた。体もでかいし、態度もでかい。半ズボンじゃなくジーパンをはいている。カッチャンと同じ六年生、つまり僕より一つ上の子だ。

「それはこっちのセリフだ」と言いたいが、下を向いて黙っていると、カッチャンがぶらぶらやってきた。

「おい、ヒデ、悪いんだけど、今日は俺、こいつらと遊ぶから……」カッチャンが歯切れ悪く言う。

「あ、そう……」僕は戸惑いながら言った。「明日は？」

するとカッチャンの代わりに、もう一人のやつが答えた。

「おめえな、いつまでも川上のあとにくっついてんなよ」

「川上さ、こんな金魚のフンみたいなやつらとつるむの、もうやめろよ」ノッポのほうがニヤニヤしながら言った。

「川上」とはカッチャンの苗字《みょうじ》だけど、誰かがカッチャンにこう呼びかけるのは初めて聞いた。

僕はユーリンを見て、「行こう」と言った。ユーリンも黙ってうなずいた。そのまま、カッチャンちの庭を通り抜けて、隣のシゲオのうちに行くと、シゲオとミンミンが庭の隅にしゃがみこんでいた。

「おい、あいつら、なんだよ？」僕はカッチャンの弟のミンミンに訊いた。

「最近、ちょくちょく来るんだ。同じクラスで、陸上クラブの友だちみたい……」ミンミンは木の枝で地面にぐるぐる模様を描きながら、ぼそぼそと答えた。

春休みがあけて、僕らはそれぞれ一つずつ進級していた。僕とシゲオは五年生、ミンミンは三年生、ユーリンは二年生。そして、カッチャンは六年生になった。

うちの学校には六年生だけ「クラブ」というものがある。どうも中学の部活を真似したものらしい。カッチャンは陸上クラブに入った。週に三日は放課後に練習があるから、帰りが遅くなる。そして、他の日も陸上クラブの友だちが遊びに来る。ミンミンのぼそぼそした説明ではどうやらそういうことらしい。

「カッチャンは中学でも陸上をやりたいって言ってたよ」シゲオが言う。

カッチャンはスポーツ万能だが、特に五十メートル走は学校で一番らしい。

「陸上はいいけどさ、あの六年のやつら、僕たちのこと、金魚のフンって言ってたよ」

ユーリンが鼻の穴をふくらませて言う。

「金魚のフン？」シゲオがこめかみをピクピクさせた。

「ふざけてやがる。で、カッチャンは何か言った？」

「いや、何も言わなかった」僕は淡々と答えた。

「え、そうなの？　何も？」

僕は黙ってうなずいた。

僕らはしばらく、しゃがんだまま、黙りこくった。木の棒で僕はいつの間にか、『プロゴルファー猿』の絵を描いていた。でも、頭の中には家の水槽が浮かんでいた。金魚の尻から長い紐みたいなフンがぶらさがっている。おそろしく格好わるいそのフンが僕らなのか。

なにより、カッチャンがそれに何も言い返してくれなかったことがショックだった。

翌日の放課後、シゲオを誘って、中学校を見に行った。カッチャンの気持ちがもう中学校に向かっていると知り、どういうところなのか、ちょっと見てみたくなったのだ。

見に行くといっても中学校は僕らの「六小」の隣だ。

八王子市立第三中学校、略して「三中」。六小の子はほぼ自動的に三中に行く。なのに、雰囲気はおそろしくちがう。一言でいえば、三中の雰囲気は暗い。

一つには校庭が狭い。小学校が一年生から六年生までなのに、中学は三年までだから人数はだいたい半分。だから校庭も半分くらいしかない。狭い校庭を桜やポプラの太い枝が覆うから、ますます暗い印象を与える。

それに制服。男子は上が紺のブレザーに紺のズボン。女子も紺のブレザーとスカート。紺だらけだ。しかも校舎は六小の新しくて薄いオレンジ色に比べて、こちらは古くて、パンに生えたカビみたいな緑色。校舎の壁にはいくつも稲妻のような黒いひび割れが入っている。

なにより異様なのは誰も彼もペコペコ、ペコペコとお辞儀をしていることだ。

「中学生って、学校の中でも挨拶してるの?」僕はびっくりした。三中には、下級生が上級生に挨拶をするという習慣があるのは知っていたが、外で会ったときだけかと思っていた。

「そうだよ。じゃないと、焼き、入れられるんだ」

「焼き?」

「呼び出されて、先輩たちに囲まれて、殴られたり蹴られたりするんだよ」

ゾッとした。そんなこと、あるのか。

「ほんとかよ？　だけど、学校の中はそこらじゅう、上級生だらけじゃないか」

「だから、みんな、そこらじゅうで頭下げてるんじゃん」

「考えられないよ」

「でもやらなきゃいけねえんだ。じゃないと、焼きを入れられるんだ」

僕はポカンと口を開けてしまった。想像を絶する世界だ。これが大人の世界なんだろうか。

カッチャンの気持ちがわかった。あと、一年もしないうちに、この世界に入るんだ。誰にも頭なんか下げないカッチャンだって、今目の前にいる一年生みたいに、学校の中でも外でも、ひたすらペコペコしなければいけないのだ。

中学の周りをぐるっと回ってみた。校庭では同じ色のジャージを着た生徒たちがランニングを始めた。

「三中、オー、オー、オー！」と声を合わせて走っている。声が野太い。男子のほうが女子よりずっと大きい。

女子は体は男子より小さくて小学生とさほど変わらないが、顔は全然ちがう。大人のおねえさんだ。ザッザッザッザッと校庭に薄く撒《ま》かれた砂を蹴るシューズの音がかっこいい。

「挨拶」は嫌だが、部活はいいなと思った。練習は厳しいかもしれないけど、やりがいがありそうだ。僕はまだ「勉強」と「遊び」しか知らない。でも、中学にはそれ以外の「部活」があるのだ。カッチャンは陸上部に入るという。きっと、すごい選手になるだろう。

「でも」僕はシゲオを振り向いた。「まだ、カッチャンが小学校を卒業するまであと半年以上ある。まだカッチャン軍団は解散じゃない」

「うん」シゲオもうなずいた。「それまではな。カッチャンにそう言おう」

「ダメだな」カッチャンが首を振る。やっぱりダメか。

「あんな音じゃない」

カッチャンと僕、シゲオ、ミンミン、ユーリンは片倉城址ゴルフ場にいた。久しぶりにカッチャンをゴルフに誘ったのだ。なんだかんだ言ってもカッチャンはゴルフが好きだ。それに陸上クラブの練習はひどく単調で、他人のやらないことや変な工夫をこよなく愛するカッチャンはかなり参っているとミンミンから情報を得ていた。

初めは今までどおり、普通にコースを回っていたが、そのうちカッチャンがティーショットの音にこだわりだした。

僕らはゴルフの二つの音を悲願としていた。そのうち「カップインの音」はユーリンの縄文土器カップで再現できてしまった。となれば、あとはティーショットの音だ。

片倉城址ゴルフ場でもティーを使って第一打を打っていたが、カッチャンをはじめ僕たち四人はアイアンだ。テレビのゴルフ中継で聞くようなバシッという音は出ない。

シゲオだけがドライバーで打っていたが、僕らよりひどい。ガチッとかグギッとか、どうにも調子の出ない音だ。ヘッドの芯で球をとらえてないらしい。野球でもボールがバットの芯に当たるといい音がするが、当たり損ねは変な音がする。

「あんな音出ねえよ」とシゲオは口をとがらせた。

「ふつうのドライバーじゃダメなんだよ」

「テレビでは音をつけてるんですよ、イッヒッヒ。『太陽にほえろ！』のピストルとか、『水戸黄門』の刀みたいに」ミンミンが業界通の中国人みたいな口をきく。

「えー、あのバキューンていう音が？」僕はびっくりして訊く。

「そうそう。ほんとうのピストルはあんな音しないアルよ、イッヒッヒ」

「ピストルはどうでもいいよ。それよりドライバーだ」カッチャンが話を戻す。

「シゲオが下手なだけだろ。ちょっと俺に打たせろよ」僕は言った。

実際に自分で打ってみたら、ドライバーはすごく長い。物干し竿みたいだ。思い切り振ったら、球をかすっただけで、球はティーからコロッと落ちた。

「へへ、チョロだ、チョロ！」

「ヒデ、チョロった、チョロった！」

みんなは喜んだ。

第一打でのこういう当たり損ねをチョロというと「サル」に書いてあった。しかも、OB以上にバカにされていたから、「一度チョロをバカにしてみたい」というのも悲願の一つだった。それが自分の場面で叶ってしまった。まったくムカつく。

ムカついたが、今までこの物干し竿でゴルフをやり続け、ティーショットでも曲がりなりにも前に飛ばしていたシゲオはすごいと思った。

他のみんなもやってみたが、やっぱりチョロか、当たってもゴロばかり。本丸と二の丸の間のお堀の中に突っ込んでしまう。

「バシッ！」カッチャンが何度目かに打ったとき、初めて、テレビと同じじゃないが、これまで聞いたことがないほどいい音がした。球はギューンと飛んだが、思い切りひっかけた。グリーンよりかなり左にずれて林に突っ込みかけ、手前の木の幹に当たって跳ね返った。でも、カッチャンは得意満面だ。

「見ろ、俺のショットを。これが本当のドライバーショットだ」と威張った。

「シゲオとは全然ちがうだろ」

カッチャンがこんなに生き生きとするのは久しぶりだ。おー、いいぞと僕は思った。ところがそう話はうまく進まなかった。

「そんなの意味ねえよ」シゲオがムキになって言い返したのだ。

「カッチャンの球、グリーンとはちがう方向に行ってるじゃん」

「ちがくねえよ」ちょっと変な日本語でカッチャンが言い返す。

「あそこからだと、グリーンを狙いやすいだろ」

ムチャクチャ言っている。自分が負けているのを認めないのはカッチャンの悪い癖だ。カッチャンの第二打は林がもろに邪魔しているのだ。僕はミンミンの顔を見た。ミンミンは目配せした。

「そうかもなあ」僕が言った。

「そんなわけないよ」ユーリンがこんなところで反論した。「だって、木が邪魔じゃない」

あー、バカ野郎、どうしてそれを言うんだ。

気まずい沈黙が流れた。

「コースがよくねえんだ」とカッチャンは悔しさからか、憮然《ぶぜん》として言った。

「もっと広いところでかっ飛ばさないと。こんなところじゃ、思い切り打てやしねえ」

「じゃあ、どういうところがいいの？」僕は訊いた。

「もっとさ、長いコースでさ、幅が狭くて、誰のボールがいちばん飛んでいるかよくわかるところだよ」

ん？　それはどこかで見たことがあるような気がする。

「それ、『箱庭ゴルフ場』みたいじゃん」ミンミンがニヤニヤした。

そうか、箱庭ゴルフ場のコースがいちばんゴルフをやるのに適した形なのか。でも、それは……。

そのときカッチャンの怒りが爆発した。

「バカ！　箱庭はこっちのほうだ。あっちがほんとのゴルフ場なんだよ。俺たちがやってるのはゴルフなんかじゃねえ。こんなのルゴフだ！」

カッチャンは持っていたシゲオのドライバーを芝生に放り出すと、自分の五番アイアンも無視して、そのままズンズン歩いて、山道を下って行ってしまった。

僕らは呆然としていた。

僕らだって、これが本当のゴルフ場だなんて思ったことはない。でもカッチャン軍団の約束事というものがある。

「こっちが本物で、あっちが箱庭」

それが僕らの約束事なのだ。隊長のカッチャンがそれを自分から破ってしまった。しかも僕らのゴルフを「ルゴフだ」なんて……。

相変わらず意味不明なところがカッチャンらしいが、それではみもふたもないじゃないか。

これでカッチャン軍団は本当に解散だ――。

みんながそう思ったらしい。僕を除いては。


数日後、僕はシゲオ、ミンミンをうちに呼んで、ユーリンも一緒に作戦会議を開いた。

「なんとしてでもカッチャンをもう一度こっちに引っ張ってくる」僕は信念を述べた。

「どうやって？」シゲオが不審そうな顔をする。

「新しいゴルフ場を見つけるんだ。カッチャンが満足するようなやつを」

僕は新しいゴルフ場で何をするかみんなに話した。昨日、夜寝ないで布団の中で考え抜いたことだ。

「でもさ、そんなゴルフ場、どこにある？」シゲオが首をかしげた。

「本物の箱庭ゴルフ場だったりして。イッヒッヒ」ミンミンがまぜっかえす。

「どこかに絶対ある」僕は強く言い切った。

「探検するんだ」

僕が真っ先に考えたのは「山」だった。又木町の周囲は山だらけだ。特に南側にはまだ行ったことのない山がたくさんある。あそこを探検して、なんとしてでも新しいゴルフ場を見つけるのだ。

「ゴルフ場探検か」シゲオの目が輝いた。

「それ、面白そうだね！」ユーリンがぴょんぴょん跳びはねる。

「ヒデ副隊長登場であります！」ミンミンが旧日本兵になる。

みんながやる気になった。

「ワオーワンワンの辺はどうだ？」シゲオが提案した。いつもは自分勝手なシゲオだが、今日は僕の参謀的な役にまわっていた。

ワオーワンワンとは僕の家から自転車で二十分くらい行ったところにある新興住宅街の外れだ。誰かのうちで飼っている黒くてでっかい犬が「ワオーン、ワン、ワン！」と甲高い声でよく吠えているから、その一帯をワオーワンワンと呼ぶようになった。命名者はカッチャン。あれは、「またやぶけ」の源流を求めてたどりついたときだった。つまり、そこはカッチャン軍団の原点でもある。

「うん、あの辺ならあるかもしれないな」僕もうなずいた。

新しい住宅を作るために、ワオーワンワンの向こうではあちこちで山を切り崩していた。だが工事のスピードは遅く、放置されている場所もある。ゴルフ場に向いたところがあるような気がした。

「でも、ワオーワンワンの向こうって禿山《はげやま》じゃないの？」ユーリンがこわごわと訊いた。

「禿山かあ！」

それは恐ろしい場所だった。ためらったが、僕は決然と言い放った。

「怖いなんて言ってる場合じゃない。探検は遊びじゃないんだ！」

翌日、僕たちはクラブを持って自転車で「ワオーワンワン」に向かった。

新しい住宅地のはじに着くと、いつもどおり、犬が「ワオーン、ワン、ワン！」と吠えた。

「出た！　ワオーワンワン！」僕らは大喜びした。ただの犬なのに、なぜかすごく嬉しい。みんなで、ひとしきりワオーン、ワオーンと犬に吠え返す。

自転車から降りてカギをかける。ここからは歩きだ。山を切り崩しているところを探すが、工事中だったり、空き地になっているがとてもドライバーショットをかっ飛ばす広さがなかったりと、うまくいかない。

「しかたねえ。禿山だ」僕の言葉にみんなはギョッとしていた。禿山は名前のとおり、林や森が伐採された小高い丘だ。そこは寺の敷地になっている。実際にはまだ雑木林が残っていて、それればかりかクワガタやカブトの宝庫だという伝説があった。と同時に、「寺には恐ろしい和尚《おしよう》と小坊主《こぼうず》がいる」という噂がまことしやかにささやかれていた。

禿山に足を踏み入れると、小坊主がすぐ気づき、捕まえに来る。そしていったん捕まったら、和尚に引き渡され、奥にある古いお堂に閉じ込められるというのだ。

実際にミンミンは学校の友だちと禿山に行って、小坊主に見つかり、必死で逃げたという。

「小坊主は真っ白な顔をしてて、こっちを見ると、にやあって笑うんだ」とミンミンはいつになく真剣な顔で言う。

できればそんなところに行きたくないけど、どうも禿山の向こう側に切り崩した場所があったような気がするとミンミンが言うのでそうなった。

切り崩してあるということは車が入れる場所なのだから、他にも行き方はきっとあるはずだが、地図も何もなく、他に探しようもない。ミンミンが行ったとおりに行くしかない。

僕たちは低い木の柵を乗り越え、林や竹やぶ、草むらが入り混じっているところを歩いた。ゴルフクラブを持ったまま、息を殺して、爪先立ちで。

めちゃくちゃ怖い。いつもならカッチャンがいる。カッチャンの後ろを歩いているときはたいていのことは怖くない。いや、怖くても「なんとかなる」と思える。

でも今、カッチャンはいない。僕が先頭だ。とてもじゃないが「なんとかなる」と思えない。できることなら帰りたい。でもみんなが後ろをついてくる。怖いから帰るとは言えない。

「今、小坊主は何してるんだろうな」とぼそぼそささやく。

「学校、行ってないのかな?」

「バカ、小坊主が学校行くわけねえだろ。常識ねえよ」

「おい、静かにしろよ。見つかったらヤベえぞ」

そのとき、向こうのほうで誰か子どもの声がした。

「うわっ、小坊主だあ！」

「でたーっ！」

僕らはやみくもに走り出した。

道も何もなくなっていた。林の中だ。木の根っこにつまずいたり、落ち葉の溜まりに足をとられたりして、何度も転びかけた。

後ろでざわざわと音がする。ゾウリみたいなパタパタという足音も聞こえた。誰かが追いかけてくるのだ。小坊主にちがいない。

ヤブが立ちふさがると、僕は七番アイアンを振り回し、木の枝や蜘蛛の巣を振り払った。トゲのある草にひっかかり、足から血が出ていた。トンネルみたいな空間ができた。

「早く行け！」

僕が切り開いたトンネルにシゲオとミンミンが死にそうな顔で突っ込んでいく。僕もあとから走る。

必死に走り続けたあげく、ぬかるみで滑ってすっ転んだ。小坊主のバタバタッという足音がする。焦って立ち上がろうとしたが、またつるっと滑って前のめりに倒れた。

「どうして先に逃げちゃうんだよ！」と声がした。弟のことをすっかり忘れていた。さっきから追いかけてきた小坊主の足音はユーリンだったのか。

「おい、小坊主、どうした？」

「知らないよ」ユーリンはべそをかきながら言った。

ホッと息をついた。どうやら、僕たちは小坊主の魔の手から逃げおおせたらしい。禿山と小坊主から無事脱出はしたが、道がさっぱりわからなくなった。来たこともない山の中だ。一難去ってまた一難だ。

「だいじょうぶだ。まっすぐ行けばどこかに出る」と僕は力強く宣言した。

「よし、行くぞ！」「オウ！」

僕たちは全員クラブを肩に担いで、「レッツゴー、マタンキ！　ゴー、ゴー、マタンキ！」とマタンキ族のテーマを歌いながら前進した。

七番アイアンでヤブや下草を払いながら、前に進むのだが、行けども行けども林から出ない。やっと開けたところに出たと思ったら、周囲は手入れのされていない深い竹やぶに囲まれていた。人家の気配もなかった。

「もうダメだ……」と観念したら、「お兄ちゃん！」ユーリンは半べそかいていた。あまりに怖くて、

いつのまにか空はどんよりとした雲におおわれていた。太陽がかげると急に寒くなる。

下からすりあげるような冷たい風が吹いてきて、ざわざわと竹やぶが鳴った。

何十本もの巨大な竹が獲物を見つけて喜ぶ生き物のように左右に揺れている。SF小説に出てきた人食い植物のようで、ぞっとした。僕ら四人の子どもは来てはいけないところに来てしまったのだろうか。

どうすればいいんだろう。僕は途方にくれた。帰りたくても道がない。下手をすると、また禿山に入ってしまうかもしれない。かといって、夕方が近づいているのにこのままやみくもに山の中を前進するのは危険だ。「遭難《そうなん》」という言葉が頭をかすめる。

振り返って、ハッとした。

シゲオ、ミンミン、ユーリン。みんなが僕のほうを不安と期待に満ちた目でじっと見ていた。まるでカッチャンを見つめるように。

——カッチャンはいつもこういうふうに見られていたのか……。

初めて隊長としてのカッチャンの気持ちが少しわかったように思えた。

僕らからするとカッチャンは並外れたエネルギーと根性の持ち主に思えたけど、実際には怖かったり不安だったりしたこともあったんだろう。ピンチになると、いつも僕らがこういうふうに見つめていたんだろう。

そして、それでカッチャンは力を得ていたのだ。だって、僕も今こう思うんだから。

「俺が頑張るしかない」と。

「落ち着こうぜ」僕はわざと偉そうに言った。「道に迷ったときは耳を澄ませ！……って、カッチャンも言ってるだろ」

しばらく黙って耳を澄ませていると、かすかに犬の吠え声がした。犬のいるところに人もいる。

「あっちだ！」

ヤブを搔き分けて進む。小さな草の実がいっぱい服につき、足にはそこら中に白いひっかき傷ができた。いきなり林が途切れた。

「なんだ、こりゃ？」僕たちは立ちすくんだ。

山が大きな刀で切られたようにざっくりと切り裂かれていた。住宅地を造るときには、ふつうもっと広く崩していくものだが、ここは甲州街道くらいの幅にまっすぐ切り開かれている。両側は崖みたいになっていた。

そして、そこかしこに冷蔵庫だの、ソファだの、テーブルだのがどかどかと捨てられていた。中には使えそうなものもたくさんある。うちやカッチャンちやシゲオんちにあるものより、立派できれいなものもあった。

誰が何のためにこんな場所を作ったのかわからないが、一つわかったことがある。

ここが巨大で細長くて、どんなにかっ飛ばしても誰にも迷惑がかからない場所、つまり理想のゴルフ場だってことだ。

「やったー！」「ついに見つけたぞ！」

みんなで崖を飛び降りて、走り回った。

参謀シゲオが注意深く、「ここがどこなのか確認しよう」と言った。

こんな大きなものが捨てられているということは間違いなく近くに車道があるはずだ。僕たちは粗大ゴミが多いほうへ歩いていった。果たしてそこは車道だった。

砂利道をたどっていったら、やっと場所がわかった。又木弁天という神社の裏に出たのだ。北野街道をまっすぐ自転車で来れば僕らのうちからもさして遠くない。僕たちは山を二つか三つ越えて、ぐるっと回ってきてしまったらしい。

又木弁天にはたまにクワガタを捕りに来る。弁天様の「化身」である白い蛇を見たのもここだ。もしかしたら、このゴルフ場の発見は弁天様のお導きだったのかもしれない。

こうして僕たちは必死の大冒険の末、第三のゴルフ場、「又木弁天ゴルフ場」を発見した。僕らはカッチャンの金魚のフンじゃない。そして僕らがやっているのはルゴフじゃない。

ゴルフだ。

翌日。僕らはカッチャンちに集合した。もちろんクラブを肩に担いでいる。

「なんだよ、もうルゴフはやらねえぞ」カッチャンはぶっきらぼうに言った。その言い方にカチンときたが、落ち着いて僕は言った。

「カッチャン、ゴルフは遊びじゃないんだぜ」余裕の笑みを浮かべた。

「なんだよ？」

「ドラコンやろうぜ」

ドラコン、すなわちドライバーコンテスト。いちばんボールを遠くまで飛ばしたやつが勝ちという単純明快な勝負だ。ふつうのゴルフの試合ではないが、「サル」にはときどき登場する。単純なだけに「男の闘い」という感じがして燃えるゲームだ。

「片倉城址でか？　あそこでドラコンなんかできねえ」

「ちがうよ。新しいゴルフ場だ」

「新しいゴルフ場？　どこなんだ、それ？」

「昨日発見したんだ、探検してさ」

僕らはみんなでニヤニヤした。カッチャンはこっちを気持ち悪そうに見た。

「ドラコンで勝負しよう」僕は続けた。「ドラコンでカッチャンが勝ったら、軍団を解散してもいいよ。その代わり、一人でも俺らの誰かがカッチャンに勝ったら、解散中止だ」

カッチャンの目が光った。思ったとおりだ。この人はこういう展開が大好きなのだ。

「よっしゃ！」カッチャンは「サル」真似の関西弁で言った。「なんだかわからんけど、その勝負、受けたるでー!」

「こりゃ、すげえ……」カッチャンはコースの入り口に立ったとき、思わず絶句した。

「まあね」僕はにやりと笑った。

又木弁天ゴルフ場はドラコンのためにゴルフの神様が僕たちにくれたんじゃないかと思えるような素敵なコースだった。

ドライバーで思い切りかっ飛ばせるほど広くて、細長いだけではない。ゴミがたくさんある辺り、つまり車道と面しているところが高くなっていて、いわゆる「打ち下ろし」ができるのだ。打ち下ろしはボールがよく飛ぶ。ドライバーで打って、球が上がらなくてもそのまま飛ぶ。

そして、コースの両側は崖である。変な方向にボールが飛んでもいつものように林に突っ込まず、崖に当たって跳ね返る可能性が高い。今日のために、昨日はわざと誰もボールを打たなかったがそのくらい簡単に想像がつく。

「やっぱ、こっちのほうが箱庭ゴルフ場よりずっとすげえよ」シゲオが言うと、カッチャンもうなずいた。

「やっぱ、本物のゴルフは山ん中だよな」

興奮で耳がバタバタしている。目がギラついている。

僕はシゲオたちと顔を見合わせ「やった!」と心の中で叫んだ。

さあ、ドラコンだ。ジャンケンで打つ順番を決めていく。シゲオ、ユーリン、ミンミン、カッチャン、そして最後が僕だ。

シゲオはティーにボールをのせてドライバーを思い切り振る。ボールはバシッという音とともに、一直線に飛んだ。

「うおっ!」僕たちは声をあげた。「すげっ!」

ほんとにテレビのような音がした。ギューンというボールの飛び方もテレビみたいだ。ゴルフの球ってこんなに飛ぶものだったのか。

みんなでシゲオのクラブに殺到した。カッチャンゴルフ場ではあんなに邪険にしていたシゲオのドライバーなのに現金なものだ。

「次、俺!」「俺にも貸して!」

次はユーリンである。ユーリンは野球のときみたいに、ドライバーを短く持ってかまえた。誰にとってもドライバーは長すぎるけど、かっこ悪いから短く持たない。そんなことをするのはミソっ子のユーリンだけだ。

しかしそれがユーリンの処世術でもある。ボールは低い弾道で飛び、捨ててあるテレビのブラウン管に当たったらしく、カーンという音がした。跳ねたボールはまたさらに高く遠くに飛んだ。なんとユーリン、シゲオを越えた。

「ムキーッ！」いつもビリッケツなものだから、ユーリンは大喜びでサルみたいなダンスを踊った。

「あれ、ズルだよ」とシゲオが文句を言うが、「もともとコースにあるものは木でもテレビでも同じ自然物だ」と僕が援護した。たまには弟をシゲオやミンミンに勝たせてやりたい。

ミンミンの一打はスコンと間の抜けた音がし、なぜか高くボールが上がった。転がらないために距離が出ず、シゲオにも全然及ばない。

次はいよいよカッチャンだ。

「おりゃ！」カッチャンが気合いもろとも放った一打はすごかった。バシューンという背中がひゃっこくなるような音もろとも、ボールはギュンギュン飛んだ。はるか彼方の崖にぶち当たった。そのままボールは消えた。

「ボールが消えた！」とカッチャンが叫び、みんなで走り出そうとしたら、コロコロと白いものが転がり落ちるのが見えた。土が柔らかいので、ボールが少しめりこんだのだ。

「消える打球だ！」とシゲオが叫んだ。

「すげえ、消える魔球はあるけど、消える打球なんて初めて見ちゃった」ユーリンが目を丸くすると、カッチャンが「バカ、消える魔球だって見たことねえだろ」とユーリンの背中をグーでどついた。僕らはゲラゲラ笑い転げた。

最後は僕の番だ。心臓がバクバクと音を立てだした。この一打にすべてがかかっている。この日のために僕は秘密の特訓をしてきた。


　昨日のことだ。

　学校の昼休み、他の連中に気づかれないようにさりげなく長谷川のところへ行き、小声で話しかけた。

「なあ、ゴルフの練習場に連れてってくれないか」

　僕は長谷川に事情を話した。カッチャン軍団がやばくて、ドラコンでカッチャンに勝たなきゃいけなくて、家の前のゴルフ練習場に行きたいんだけど、親には言えないし、長谷川の親戚がたしか練習場やってたよな……。

　途中でしどろもどろになって、自分でもわけがわからなくなったけど、長谷川はじっと聞き、話が終わると、こくりとうなずいた。

「わかった。おじさんに頼んでみる」

　放課後、長谷川は電話で親戚のおじさんに話をし、一緒にゴルフ練習場まで来てくれた。長谷川の親戚のおじさんは「ああ、君か」と笑った。目立つ犬を連れて毎日付近をうろうろしているからよく知っていたのだ。

　おじさんはスイングのコツを教えてくれたうえ、百発もタダで打たせてくれた。なんせゴルフ漬けの生活をしてきたから、たちまち僕は上達した。

「え、阪野君、すごいじゃん！」長谷川は手を叩いた。

「まあね」僕はにっと笑った。「でもこれは絶対秘密だよ」

「わかってるよ。あたしだってお母さんに内緒で来たんだから」

長谷川をこんなに近くに感じたことはなかった。

「明日は頑張ってね」と彼女は言い、右手をすっとこちらに差し出した。その天真爛漫さに僕も思わず口走った。

「ああ、長谷川のために絶対勝つよ」

僕は彼女の手をしっかり握った。彼女はにこっと笑窪を見せた。

「うん。約束ね」


夢ではないかと何度も確かめて、昨日は眠れなかった。

ゴルフボールをティーごと地面に刺しながら、僕は束の間、長谷川の黒々とした瞳ときゃしゃな指を思い出した。顔がでれっとしたが、「そんな場合じゃない」と我に返った。

あいつに約束したんだ。絶対負けられない。

一発逆転を狙おう。僕は慎重に足場をかためた。いちばん長く持って構えると、ゴルフ場のおじさんのアドバイスどおり、肘をなるたけ曲げずにぐいっと振りかぶった。体が捻《ね》じれきったところで、バネが戻るように体とクラブが自然にビョーンと戻った。

パシッというすごく軽い音がした。おお！　手ごたえが不思議なほどない。真芯でとらえたのだ。これか、この感触か。

まるで他人に奇跡が起きたかのように、小さな白球は青空をどこまでも飛んでいく。

ボールはやや左に行ったが、カッチャンのボールを大きく越えた。

「すげえ……」と声をもらしたのはカッチャンかシゲオか。

「やった！」

その直後だ。とんでもないことが起きたのは。ボールはタンスに当たった。そして左にポーンと大きく跳ね返って、さらに崖を越えてしまったのだ。ＯＢである。

「ウソだあ……」

やっぱり、テレビやタンスは自然物じゃない。どう考えても人工の障害物だと言いたかったが、あとの祭だ。

「バッカでえ！」カッチャンが言うと、ミンミンも「ヒデ選手、タンスＯＢ」とアナウンサー口調で言い、みんなは火がついた『少年ジャンプ』の紙みたいに、体をぐしゃぐしゃにさせて笑い転げた。僕も一緒に笑った。

「カッチャンには最後まで勝てなかったなあ」

ため息をつきつつ、でもおかしくて自分でも苦笑しながらボールを探しに行った。崖を登りかけて、ふと何か変な模様が見えるのに気づいた。

崖の土はたいがい黄色い関東ローム層だが、その下に灰色で湿った土の層がある。そこに何か変な模様があるのだ。縄文土器かと思ったが、模様が縄目じゃない。

何だろう、これは。まるっぽい線の中に斜めの線がいくつも入っている。それがたくさん。しいて言えば、貝に似ている。しじみやあさりみたいな貝だ。というか、これは貝そのものじゃないか……？

「おーい、ここに何か変なものがあるぞ！」僕は叫んだ。

みんながぞろぞろ集まってくる。

「ここの土に貝みたいな模様があるんだ」

「あ、ほんとだ」

「これ、化石だぞ」カッチャンが言った。「貝の化石だ」

驚いた。化石というのは図鑑で三葉虫とかアンモナイトの化石として知っているだけだ。特別なところにしかない特別なものだと思っていた。だって、化石って何万年、何百万年も前のものじゃないのか？　だいたい、ここは山の中だ。どうして貝が出てくるんだ？

そのとき図鑑の記述を思い出した。

「わかった！　ここは昔、海の中だったんだ。それが長い時間をかけて山になったんだ。ヒマラヤ山脈にも貝の化石が出たって書いてあったもん」

するとシゲオが言った。

「海が山になった？　そんなことあるわけねえだろ。バカじゃないか」

「じゃ、なんだよ、この貝は」

「昔の人がここに捨てたんだよ」

「捨てた？」

僕たちはブッと噴き出した。「そんなわけねえだろ」

「わけあるよ。だって、今の人だって、テレビとかタンスを捨ててるんだぜ」

「シゲオ選手、それ、ちがうアル。ここ、つい最近工事で掘り返されましたアル。その前はただの山アル。昔からのゴミ捨て場じゃないアルね。イッヒッヒ」ミンミンはなぜか中国人になって言う。

「テレビの化石があったら面白いね！」とユーリンが跳びはねる。

それまで黙っていたカッチャンがそのとき叫んだ。耳がアフリカ象のように大きくバタバタ動いている。

「みんな、探すんだ！」

「何を？」

「恐竜の化石だ」

恐竜？　あのチラノザウルスとかブラキオザウルスみたいな巨大な恐竜がここに？

「貝の化石が見つかった場所で恐竜の化石が見つかったってどこかで読んだことがある。ここにも絶対あるぞ。みんな、掘れ！　掘るんだ！」

カッチャンは自分のゴルフクラブを振り上げて、クワを使うように崖を掘り始めた。

僕らは雷に打たれたように体が止まったが、次の瞬間、爆発した。

「うおおおお！」「ムキー！」「シュワッチ！」「ブーブー！」

それぞれ雄叫びを発し、クラブを振りかざして、崖をガシガシ掘り始めた。

これだ。これこそカッチャン軍団が最高だと思える瞬間だ。奇想天外でもムチャクチャでも、とにかく突っ込んでいく。やってみるのだ。

まさに「男は冒険だ！」なのだ。

隣にいるシゲオが掘り返す土くれを体に浴びながら、思う。

もう僕らが冒険とか探検なんてやれる時間はそんなにない。カッチャンが中学に行ってしまえばどっちみち軍団は消滅だ。そして次の年には僕も中学にあがる。

中学生になってこんなことをやるやつはいない。勉強して部活をやって受験して高校に行くのだ。

そのあとは遠すぎてわからないけど、きっとまた勉強して部活をやって受験して大学に行き、それから会社に入るか学校の先生になるか何か仕事につくだろう。

長谷川真理かオトコンナズの古田かわからないけど（できれば長谷川であってほしいけど）、とにかく結婚して子どもも生まれるのかもしれない。

そうして三十三歳まで生きるのだ。どうして三十三歳までかというと、一九九九年には人類は滅亡するとノストラダムスの予言が言っているからだ。

冒険も探検も山のゴルフも、あといくらもできない。

でも、まだ何ヶ月かある。限られた時間だけど、それを思い切り使って、思い切り遊びたい。カッチャンと遊びたい。シゲオと、ミンミンと、ユーリンと遊びたい。

だって、僕らはカッチャン軍団なんだから。

もう薄暗くなってきた。遠くから、たぶん隣町の由井小学校から、「家路」の曲が流れてきた。「新世界より」という交響曲の一部だと学校の音楽の時間に習った。「新世界」というのに、この曲はどうしてこんなに懐かしさを感じさせるのだろう。

「ヒデ、顔が真っ黒だぜ」カッチャンが急に言った。

「え、ほんと？」

土のついた手で顔を拭いたからだ。しまった。

「でも、カッチャンだって、泥だらけだぜ」

「あ、ほんとだ」

「ミンミンだって、シゲオだって、みんな、どろどろだ」

「ドロ人間だ！」ユーリンが言い、みんなで爆笑した。

僕らの笑い声は紫色に染まった空へすーっと吸い込まれ、「家路」の曲とともにどこまでもどこまでも遠くに響いていった。

解説

北上次郎

高野秀行といえば、辺境ノンフィクションで知られる作家で、近年では講談社ノンフィクション賞を受賞した『謎の独立国家ソマリランド』がぶっ飛びものの傑作だった。その斬新性、特異性について語る場所ではないので高野秀行のノンフィクションに対する論評は控えるが、「本の雑誌」二〇〇七年八月号で自身の作品を「エンタメ・ノンフ」（エンターテインメント的なノンフィクション）と名付けたように、旧来のノンフィクションとは異なるものを目指していることはたしかだろう。

もともと高野秀行のノンフィクションは、デビュー作『幻獣ムベンベを追え』で明らかなように面白すぎるのである。それは『ワセダ三畳青春記』『異国トーキョー漂流記』『アジア新聞屋台村』などの自伝的エッセイになると、もっと顕著だ。

実は私、最初に読んだ高野秀行の本は『アジア新聞屋台村』で、読むなり書店に走ってしまった。その時点で高野秀行の本は集英社文庫に六冊も入っていたのに、この作家のことを知らなかったのが恥ずかしい。書店に走ったのはもちろん、『アジア新聞屋台村』が面白かったからで、これは大変、と走ったわけである。

行きがかり上、その『アジア新聞屋台村』の話をすることをお許しいただきたいが、これはアジア系新聞社が舞台の自伝である。一応、「小説」ということになっているのは、モデルはいても現実とは少し異なっているからのようだ。中国語、タイ語、ビルマ語、マレー・インドネシア語が飛び交うオフィスで、日本に住むそれらの国の人々向けの新聞を作っている新聞社に、編集顧問として迎えられた主人公を軸に、奇妙な人々との日々を軽妙に描いていく。

この新聞社の社長劉《りゅう》さんは三十一歳の台湾女性で、「タンクトップにショートパンツ、スニーカーに茶髪のロングヘア、ピンクの口紅という、遊びに来ているとしか思えないようなねえちゃん」だが、そのバイタリティにひたすら感服。ベトナム人と知り合うと何の準備もせずにベトナム新聞を創刊し、思ったよりも売れないとすぐにやめてしまうのだ。発行するかどうかを考えるのではなく、作ってから考えるという発想なのだが、言葉を替えれば乱暴きわまりない。

この新聞社のすごいところは、編集の経験者がいないどころではなく、校正もしないから驚く。現地の新聞を取り寄せて、ちゃちゃっと引用してでっちあげるのである。「一九九六年にはアメリカ留学希望者が三三%だったのだが、五年後の二〇〇二年には二四%と八%も落ちた」と台湾新聞に平気で書くんだそうだ。引き算は苦手だというのだが（足し算はわりと合っているという）、一九九六年の五年後というのは足し算だぞ。五年後なら二〇〇一年のはずで、全然合ってない！

怪しげな人物が次々に登場するのは『ワセダ三畳青春記』も同様で、こちらは現代の貧乏青春記だが、とても実在したとは思えないほど個性的でヘンな人物がわんさか登場する。著者がいちばんヘンであるのは言うまでもない。

これらの「自伝的エッセイ」を読むと、ここまでくれば小説までただの一歩であることがよくわかる。というのは、高野秀行さんにお会いしたこともなく、若いときの生活もその友人も知らない私がこんなことを言うのは何なのだが、こんなにヘンなやつばかりということはあり得ないから。おそらくは高野さんの創作がかなりの比重を占めていることは想像に難くない。

つまりこれらの「自伝的エッセイ」で登場人物のキャラが立っているのは、著者がそのように描いているからなのである。これは私の想像だから、違うと言われたらそれまでなのだが、現実というものはもっと淡々としていて退屈であることが少なくない。それを躍動感あふれる日々にしているのは、著者の視線なのだ。

ならば、モデルを取り払えば、「自伝的エッセイ」はたちまち「小説」になる。もともと高野秀行は文章のセンスが図抜けているから、そう難しいことではない。そうして生まれたのが本書である。

本書が刊行されたときに書いた新刊評をまずは引いておく。

八王子は東京都内より夏は気温が三度高く、冬は三度低いという。だから、天気予報の最高・最低気温はいつも三つ足したり引いたりしなければならず、「どうして八王子を東京とは別に天気予報でやらないのか」と八王子の人間はみんな言っているそうだ。しかもヒデユキの住む又木は八王子から三〇分しか離れていないのに、八王子の中心からさらに二度か三度低い。山の北側の盆地にあるからだと父さんは言うのだが、ヒデユキはなんだかなあと思う。

これは、その八王子又木に生まれ育ったヒデユキ小学四年生を主人公とする少年小説である。時代背景が一九七〇年代後半であることと、八王子とはいっても駅周辺ではなく、野山に囲まれた又木が舞台になるので、虫取りや川遊びなど自然のなかの冒険・探検がこの少年小説の中心となる。

タイトルになっている「またやぶけ」とは長さ一〇メートルの土管のことで、遊び仲間のシゲオがその土管のなかを歩いているとき足をすべらせ、その拍子に半ズボンの股の継ぎ目がビリビリッと破けたことに端を発する。そのとき「股がやぶけたあああ！」とシゲオが叫んだのでみんなで大笑い。ヒデユキたちも競って股やぶけに挑んだことから、その土管を「またやぶけ」と命名し、それ以来、彼らの秘密の遊び場所になる。

男の子なら誰もがどこかで経験したような、懐かしさが溢《あふ》れだす小説だ。

これだけで十分のような気がするが、もう少しだけ続ける。

「マタンキ野球場の誕生」の項で、遥か昔のことを思い出してしまったのだ。私の生家の近くに原っぱがあり、小学校低学年のころはそこが私たちの遊び場だった。いまでも覚えているのは、私たちがそこで野球をしていたら、中学生がやってきて、おれたちもいれてくれと言ったことだ。おれたちが野球をするからお前たちはどけ、と言ったなら私たちだって抵抗しただろう。しかし、混ぜてくれと言うのだ。年下の私たちに承諾を求めてくるとは、なんと良心的な中学生だろう。こうなると、断る理由もない。ところが気がついたら、野球ゲームの中心は彼らになっていた。ようするに、あっという間に乗っ取られてしまったわけだ。つまらないので私たちが抜けると、中学生たちは自分たちだけで野球を始めた。そういうことなのか。なんと良心的な中学生だろうと思った自分がばかみたいだ。仲間たちと何も喋らず、ずっと無口で帰宅した日のことを思い出す。

「ボニーの失踪」の項では、我が家の愛犬のことを思い出した。「北野のこの辺はまだ犬を放し飼いにしているところがけっこうある」との一文があるが、私が中学時代を過ごした昭和三〇年代の半ば、東京二三区内でも飼い犬は放し飼いだった。だから登校する私についてきて、もう帰れというのに言うことを聞かず、かまっていると遅刻するので自転車を飛ばした朝があった。我が家の愛犬はなんとそのまま迷子になって行方不明。帰宅したらいないことに気づいて、晩飯を食べたあと、学校までの夜の道を探しに歩いたことがつい昨日のことのようだ。その二週間後、生家からずいぶん離れた交番の横に繋がれているのを父が見つけてきて我が家のバカ犬は無事に戻ってきたが、あのころ犬は家族の一員だった。

本書を開くとそういうことがひとつひとつ、蘇《よみがえ》ってくる。キャラクターよく、ストーリーよく、構成よく、なかなか読ませる少年小説であることは言うまでもないが、いちばんは私たちが忘れていたことをそうして思い出させることだろう。ここにいるのは少年時代の私だ。そう思わせるのが高野秀行の小説なのである。

（きたがみ・じろう　書評家）

初出「青春と読書」二〇一一年五月号～二〇一二年四月号
この作品は二〇一二年七月、集英社より刊行されました。

高野秀行の本

異国トーキョー漂流記

故国を追われたイラク人、盲目で野球狂のスーダン人。様々な外国人とつきあう著者の眼に、東京は不可思議な外国に映る。笑い、戸惑い、驚きつつトーキョーを旅する友情物語。

集英社文庫

集英社文庫

またやぶけの夕焼《ゆうや》け

2015年5月25日　第1刷　　定価はカバーに表示してあります。

著　者　高野秀行《たかのひでゆき》

発行者　加藤　潤

発行所　株式会社 集英社
東京都千代田区一ツ橋2-5-10　〒101-8050
電話　【編集部】03-3230-6095
【読者係】03-3230-6080
【販売部】03-3230-6393(書店専用)

印　刷　大日本印刷株式会社

製　本　大日本印刷株式会社

フォーマットデザイン　アリヤマデザインストア　　マークデザイン　居山浩二

本書の一部あるいは全部を無断で複写複製することは、法律で認められた場合を除き、著作権の侵害となります。また、業者など、読者本人以外による本書のデジタル化は、いかなる場合でも一切認められませんのでご注意下さい。

造本には十分注意しておりますが、乱丁・落丁(本のページ順序の間違いや抜け落ち)の場合はお取り替え致します。ご購入先を明記のうえ集英社読者係宛にお送り下さい。送料は小社で負担致します。但し、古書店で購入されたものについてはお取り替え出来ません。

© Hideyuki Takano 2015　Printed in Japan
ISBN978-4-08-745319-5 C0193